笠間ライブラリー

梅光学院大学公開講座論集

64

漱石における〈文学の力〉とは

佐藤泰正【編】

笠間書院

漱石における〈文学の力〉とは

目次

漱石における〈文学の力〉とは

漱石の遺した〈文学の力〉とは何か

小森陽一

漱石夏目金之助は、『文学論』（一九〇七）の冒頭で、「凡そ文学的内容の形式は（F＋f）なることを要す。Fは焦点的印象または観念を意味し、fはこれに附着する情緒を意味す」と定義した。「文学的内容の形式」とは、表現者の発した言葉としての「文学」の「内容」を、読み取った読者の意識の中に成立する「形式」なのだから、〈文学の力〉を形成するのは、表現者と読者の間における、言葉を仲立ちとした「意識」の交錯にほかならない。

漱石は「意識の時々刻々を一個の波形」としてとらえている。「意識」とそうではない領域の境界が「識域」。「波形の頂点」が「焦点」、その間を「識末」としている。「識域」から「焦点」までの「意識の波」の高さによって、「意識」の強度が決定されている。

「意識の波」を微分的にとらえれば、一瞬の「F」になるが、「Fを拡大して、一日、一夜、半歳、五十歳にわたつて吾人の意識を構成する大波動」まで積分することができると漱石は言う。「個人における一期一代の傾向を一字のFにあらはすの便宜」があるなら、「一代を横に貫いて個人と個人との共有にかかる思潮を綜合」することもできるはずだ。これが「文学的集合F」なのだ。

漱石の長篇小説のほとんどは「朝日新聞」に掲載された連載小説であった。新聞に掲載されている政治、外交、軍事、経済、社会等の問題をめぐる記事と、小説テクストは結合されて読まれていく。読者の現在の読む意識は、過去の記憶と結合されていく。読者の実人生の記憶を、小説を読む過程に組み込むこと、これが漱石が遺した第一の〈文学の力〉である。

『三四郎』の冒頭近くの「山陽線」という一言の背後からは、それまでの山陽鉄道株式会社の名称が変わったという、日露戦争後国論を二分した鉄道国有化問題がせり出してくる。だからこそ、三四郎の意識と無意識を媒介する「汽車の女」という一言は、日露戦争後の日本の女性たちが追い込まれた現実を、「池の女」と響鳴し合いながら、読者の記憶から掘り起こしていくのである。

『それから』に書き込まれている、日露戦後不況の中における、政治家と財界との腐敗した癒着を象徴する「日糖事件」や「東洋汽船」事件は、不祥事で銀行を退職して新聞の経済記者となった平岡を長井家の脅威に仕立て上げる。平岡の妻三千代と代助との恋愛関係は、汚職事件に関与したかもしれない代助の父や兄が、平岡から姦通事件を追及される要因となるからだ。作中人物の一人ひとりが、国家の法に違反しているか否かの問題が全体として迫り出してくる。

『門』の出だしで安重根による伊藤博文殺害事件をめぐる新聞記事が話題にされるのも、小説連載直前の死刑判決と、「韓国併合」にいたるまでの歴史過程を想起させるためだ。文庫本に適切な注釈があれば、二一世紀の読者にも追体験は可能になり、次の世代にも受け継ぐことが出来る。

漱石の〈文学の力〉の第二は、長篇小説を読み続けている読者に、小説内部のすでに生起した出来事を、要所ごとに再想起再々想起させる表現の戦略にある。唯一の自伝的小説『道草』は、その典型だ。

「健三が遠い所から帰って来て駒込の奥に世帯を持ったのは東京を出てから何年目になるだろう」という疑問形の第一文に対して、長篇小説を読む読者は、要所ごとに答を出していくことになる。

「遠い所」が複数あり、その一つが「外国」であり、しかも「倫敦《ロンドン》」だと初めてわかるのは、百二章仕立ての長篇小説の中間の第五十三章。しかも「倫敦」は「革で拵えた」「紙入」を買った場所として想起される。その「紙入」の来歴は、健三の家に出入りしはじめた養父島田が金の無心をし、ついにそれに応じてしまった直後に現れる。

以来島田は「ちょいちょい」健三の家を訪れ小遣いを要求するようになり、五十六章で、「紙入」の値段を尋ねる。健三は、「たしか十志《シリング》だったと思ひます。日本の金にすると、まあ五円位なものでせう」と、ポンドと円の交換比率を、ただちに計算して答えている。その後「倫敦」での経済生活がどれだけ大変だったのか、忘却されていた金銭の貸借関係と帰国後の経済問題の記憶が、一気に健三の中で噴出する。

「新しい家を探し始めた」と「同時に」健三は「金の工面もしなければならなかった」のである。

退職金としての「一時賜金を受取る」ために健三はそれまでの「自分の職を辞し」、その金で「日常生活に必要な家具家財を調へた」と五十八章で明らかにされる。その退職金を使い果たしたところで、「倫敦」時代に借金をした知人から、その返済を求められることになった顚末が五十九章である。冒頭の「帰って来て駒込の奥に世帯を持った」までの経緯が、ようやく健三の記憶として想起されたのである。

五十九章まで読み終った読者は、改めて先に引用した冒頭近くの、「遠い国の」「臭のうちに潜んでいる彼の誇りと満足には却つて気が付かなかつた」という、健三の無意識についての地の文の叙述を、反芻して読み直すことになる。

健三は「遠い国」で「五磅《ポンド》のバンクノート」「二枚」の借金をしていた。その返済を求められ、「友達」から借金をして返済した。「新らしく借りた友達へは月に十円宛《づつ》の割で」返すことにしたのであった。「遠い国の臭」の一つが借金とその返済であったことを認識した読者は、小説それ自体には書かれていなかった叙述を、自らの脳裏に書き記すことになる。

漱石の遺した〈文学の力〉の第三は、読者自らが、書かれざる地の文の執筆者になる力である。

近代資本主義の中の『こころ』

石原千秋

ヨーロッパと利潤

近代小説は資本主義の申し子と言っていいが、資本主義と文学はどう結びつくのだろうか。とりわけ、いまだに近代文学の頂点に君臨しているかに見える『こころ』という小説は、近代社会の中でどのような意味を持ち得ているのだろうか。

現在、EUでも日本でもマイナス金利政策をとっている。金利がマイナスになることは、資本主義体制においてもはや利潤が出なくなったことを意味する。そこで、資本主義体制が終わりを迎えつつあると言う経済学者も出てきた（水野和夫『資本主義の終焉と歴史の危機』集英社新書、二〇一四・三）。

水野和夫によれば、資本主義体制ができあがったのは、いわゆる大航海時代の「長い一六世紀」とも呼ばれる約二〇〇年の間である。いまは二〇〇〇年代だから、資本主義の成立から四〇〇年ほど経ったことになる。歴史家によれば、一つの文明は長くても五〇〇年から六〇〇年が賞味期限だと言う。ヨーロッパで資本主義体制が形成されてから約四〇〇年経つので、これから一〇〇年、長くても二〇〇年で（ヨーロッパ型の）資本主義体制は終わるのだろう。

イスラム教はいまでも利子を取ることを認めていないが、キリスト教も長い間利子を取ることを認めていなかった。利子は時間によって発生するが、キリスト教では時間は神のものだと考えられていたから、人間が時間を利用して利潤を上げることは許されなかったのである。もっとも、商人は賢いので、ある地域で貸したお金を為替相場の異なる別の地域で返済させることで、実質的には利子を取っていたと言う（前出『資本主義の終焉と歴史の危機』）。

利子は経済体制によって利潤が生まれることを前提としているが、資本主義は利潤のためにフロンティアを求め続けなければならない。たとえば、コロンブスにはじまった大航海時代に広大なフロンティアを得て、資本主義体制は飛躍的に発展した。

仮に資本主義体制は残ったとしても、ヨーロッパ中心の社会はあと一〇〇年ほどで終わりを迎えるだろうとも言われてる。いずれにしても、ヨーロッパ型の資本主義体制は一〇〇年から二〇〇年で終わると予測されているわけだ。アメリカがその典型で、極端に言えば、アメリカはもはやウォール街でしか利潤が上げられない国になっている。

私の中国での知り合いが、中国だけでなく広くアジアでも展開しているアメリカの会計監査会社に勤務している。そこで、「アメリカはＴＰＰで何を狙っているのか」と聞いたら、「もちろん金融です」と即答だった。フロンティアからの収奪で成立し、モノ作りの体制として成熟した産業革命以後の近代資本主義体制は、貨幣そのものからしか利潤を生み出せない最終段階に入ったのである。残されたフロンティアは二七〇兆円とも言われるアジアのインフラ整備ぐらいだろうか。ウォール街は、そこから得られる利益を虎視眈々と狙っているのだろう。

二〇一六年、アメリカの大統領選のプロセスで、民主党の候補者も共和党の候補者もきそってTPPへ参加しないと言い始めた。アメリカがウォール街でしか利潤が上げられない国になったことを隠したいか、本気でモノ作りが復活すると信じさせようとしているか、どちらかだろう。

「女のからだ」というフロンティア

資本主義はフロンティアという言葉と密接な関わりがある。

大航海時代以前に、ヨーロッパは東には出られなかった。強大なオスマン帝国が支配していたからである。だから、西に行く以外には領土の拡大はあり得なかった。好んで船の旅に出たのではない。オスマン帝国が強すぎたから、フロンティアを求めて、危険を冒してまで船で西に出ることになったのである。それが様々な悲劇を生むことになるのだが、ヨーロッパにとっては利潤を生むシステムを形成することになった。しかし、陸の領土・植民地という名のフロンティアの拡大が一段落つくと、今度は別の形でフロンティアを求めることになる。

地震予知のテレビ番組を見ていたら、地震学者が「地震予知は地球の科学にとって最後のフロンティアなので、闘争心がわきます」と言っていた。フロンティアという言葉を、科学者はこのように使うのである。そこから利潤を上げることができる未知の領域をフロンティアと呼ぶ。できるはずもないと言われている地震予知の研究をすれば億単位のお金が転がり込んでくるから、地震学者にとってはまさにフロンティアというわけだ。

文学にとってのフロンティアも未知の領野だった。経済活動としては、植民地に行って新しいモノを持ってきて、ヨーロッパで高く売りさばけばいい。いわゆる三角貿易である。文化的な側面もあった。植民地で得た新しい知識も、高く売ることができる。近代小説も、そのようにして得た新しい知識を伝えるのが重要な役割の一つだった。近代小説は「新しいもの」を次々と取り替えていくやり方で生き延びてきたジャンルだが、「新しいもの」それ自体も時代につれて次々と変わっていく。近代は「自由」が多くの人に与えられた時代だから、その「自由」が「流行」を生み出す。近代とは「流行」の時代である。たとえば、ファッションは流行現象がなければ成立しないジャンルである。

人間のバースコントロールや生殖技術を告発的に研究してきた荻野美穂の『女のからだ　フェミニズム以後』（岩波新書、二〇一四・三）は、フロンティアについて考えるためには象徴的な本である。武士は漢文で仕事をするから、江戸時代までは基本的に漢字は男の文字だった。漢字は長く支配者の文字だったのである。平安時代に考案された平仮名は女性の文字である。『女のからだ』の「からだ」を平仮名で表記しているのは、こういう歴史的な背景を踏まえているのだろう。「女のからだ」は男に渡したくない、女のものだと主張しているわけだ。

生物がすべてそうというわけではないが、人間は女性だけが子供を産む。だから、医学にとっての女性の体は、そこから利潤を生み出すことができる生殖技術という名のフロンティアなのだ。いまでは人工授精をして、他人の子宮を「借りて」子供を産む技術も開発されている。世界的な経済格差によって、貧しい国の女性の子宮を何十万円かで借りる時代になっているのである。子供を産むほとんどすべてのプロセスを、自分の体を使わずにアウトソーシングしてできてしまうところまで、生殖技術は「進歩」している。

近代資本主義社会において「女のからだ」がフロンティアだということを理解するためには、「男の体」という本がほとんど書かれない事実を挙げるだけで十分だろう。

女学生というフロンティア

「女のからだ」は、文学にとってもフロンティアだった。

明治維新以降、日本に進化論が怒濤のように入って来た。明治期は、学問や科学がいまよりもはるかに無邪気に信じられていた時代である。「学問では」とか「科学では」と言うと、絶対に「正しい」かのような響きを持っていた。進化論は生物学という「科学」だからほぼ無批判に信じられたのである。その生物学によれば、動物には雄と雌がいる。この当たり前のことが「問題」として浮かび上がってきたのだ。そして、これを人間に当てはめると、男と女がいることになる。それが、明治の中頃に知識人（この時代の「知識人」は男性である）の間で「両性問題」としてクローズアップされた。

逆に言えば、知識人にとって、それまで女性は男性と同じレベルの「問題」としては頭の中になかったのだ。それを象徴する文章がある。次に引用するのは、『男女之研究』（大鳥居弃三・澤田順次郎、光風館書店、明治三七年六月）という「両性問題」に関する類書の中の一冊である。男と女がいること自体が「研究」の対象だったのだ。

> 吾人は、前章に於て、男子と女子との大體の差異を説明したり。然れども、男子と女子とは、本來、絶對に相異るものにあらで、等しく、これ、人類なり。男といふも、女といふも、單に、人類に於ける性の別にして、若し、その性の如何といふことを取除きなば、兩者、共に同じ人類として取扱はれざるべからず。（傍線石原）

当たり前のことが書いてあるのだが、そのことにむしろ驚かされる。「男子」と「女子」は両者共に同じ人類として取り扱うべきだと書いてあるのだが、この文章の筆者は、男女が同じ人類だとは思っていない多くの読者がいると想定して書いているだろうからである。これは何も極端な例というわけでもない。当時として決して特別な本でもない。当時、字が読めるレベルの大衆にとっても、女性は男性にとっては同じ人類ではなかったのだ。だから、「両性問題」が知識人にとっては大きな課題になったのである。しかし、こういう「問題」が現代でも完全になくなっていないから、いまだフェミニズムが必要なのである。言うまでもなく、フェミニズムが必要な間は女性は不幸である。そして、女性が不幸な社会は男性も不幸である。

「両性問題」は生物学的領域だが、それが次第に「心」の問題に移っていく。明治三〇年代頃から、『婦人の心理』（村田天籟、日本之実業社、明治四四年六月）というような本が多く刊行されるようになる。知識人の関心の領域が「女性の体」から「女性の心」に移っていく時期が、明治の三〇年代なのだ。これには理由がある。

明治三〇年代には、女性にとって実質的に最終学歴となる高等女学校が普及し始めた。尋常小学校はすでに六年間の義務教育になっていた。その先の中学校は男性だけの学校で、約二〇人位に一人程度しか進学できなかった。これが高等学校・大学になると二百数十人に一人の割合でしか進学できなかった。それでも、男性には高等教育を受ける機会が用意されてはいたのである。

女性の場合は尋常小学校を卒業すると四年制の高等女学校があって、それが実質的には最終学歴となる。名称には「高等」がついているが、中学校と同格だった。東京と奈良に女子高等師範学校があったが、両校あわせても学生数五〇〇人程度だから、例外的と言ってよかった。

高等女学校が多く設立され始めた明治三〇年代は、女学生や女学校の卒業生が増え始める時代でもあった。知識人にとっては、ある程度教育のある女性――品のない言い方をすると素人女性が――身近にいる日常が出現したのである。

こうした条件が基礎となって、「高級な文化」が生まれた。「高級な文化」が生まれるのは、ある一定のエリアに四つの条件が揃う必要がある。第一は資本である。第二は知識人が集まることである。第三はそれらを享受できるある程度教育を受けた大衆が生まれることである。第四はあり余る時間である。これらの四つの条件は、すべて教育と関わる。この四つの条件が整うと、「高級な文化」が一気に花開く。平安時代がまさにそうで、平安京という狭いエリアの中に、資本と知識人と教養のある人々とあり余る時間が集中した。だから「高級な文化」が生まれたのである。そして、公家たちの「恋」の文化が生まれたのである。

明治期の東京都心＝旧一五区は、山手線と大江戸線の内側にほぼ重なるエリアだが、人口は明治四〇年の約二一五万人でほぼピークを迎えた。その後、昭和一〇年にこの旧一五区のエリアの人口は二二五万人で、微増にしかなっていない。いま超高層マンションの影響で都心の人口は少し増えているが、人口という面から見る限り、東京の都心は明治四〇年頃にほぼ完成したのである。明治四〇年に日本の「近代文化」が開花したのは、こういう理由からなのである。この時代に、自然主義文学という形で近代文学が一気に開花した。夏目漱石のデビューもこの時期だから、とても幸運だったと言っていい。

「近代文学はいつからか」という問題が議論になることがある。以前は二葉亭四迷の『浮雲』からとされていたかもしれないが、いまでは明治四〇年前後の自然主義文学の時代から近代文学が開花したという説をとる人が多くなっている。私もその説をとる。明治二〇年頃の『浮雲』の試みと坪内逍遙『小説神髄』の理論が、二〇年かけてようやく一般化したのである。

その前に明治三〇年代がある。この時期に、教育を受けた若い女性が男性の身近に現れることになるわけだ。たとえば、電車通勤の時に通学する女学生と身を寄せ合うような経験を、日本人ははじめてした。平安時代にもそのようなことはなかった。だからと言うわけでもないだろうが、この時代にはじめて電車に痴漢がでた。不幸にして、痴漢の歴史は長いのである。そこで、学習院の責任者だった乃木希典が女性専用列車の運行を要請した。女性専用列車という発想の歴史も長いのである。

明治四〇年には田山花袋が『蒲団』で有名になるが、『蒲団』の直前に『少女病』という小説を書いている。少女（実際には女学生）に病的に興奮する中年男性が主人公になっていて、まさに『蒲団』以前と言っていい。この主人公は電車で通勤するが、女学生が乗ってくるのを見ては興奮している。おそらく、視姦を書いた日本ではじめての小説だろう。明治三〇年以降は、そのような時代になっていた。この興奮が、小説に一つのジャンルをつくることになった。明治三〇年代に流行した女学生小説である。女学生がいわば風俗となった、すなわち近代文学上のフロンティアになった証である。近代文学は「教育ある女性」というフロンティアを取り込んでいった。

この女学生小説のテーマこそは「女のからだ」である。当時女学生小説を読む「読者の期待」は、女学生が堕落することにあった。女学生小説とは、読者がどうやって女学生が堕落するのかを楽しみに読む小説だったと言っても過言ではない。当時の「堕落」とはセックスをして妊娠することだった。田山花袋の『蒲団』では、ヒロインの横山芳子が文学上の師である竹中時雄に「先生、私は堕落女学生です」と始まる手紙を出すが、これは端的に「私はセックスをしました」という意味である。女学生小説の時代の「女性」は、まだ「女のからだ」なのだ。

それを「女の謎」、すなわち「心」の問題に変換したのが漱石文学だった。

「女の謎」というフロンティア

「心」が「問題」となる少し前の、女学生小説がまさに流行していた時代の婦人に関する本の一節を引用しよう。

女は到底一箇のミステリーなり、其何れの方面より見るも女は矛盾の動物なり、されば古來未だ嘗て女に就て確固たる鐵案を下し不易の判決を與へたるものなし、嗚呼人類は到底不可思議なり、女は最も解し難きものなり。而して我は今女の半面を究め、其秘密の幾分を闡明せんとす。

（正岡芸陽『婦人の側面』新声社、明治三四年四月）

「女は到底一箇のミステリーなり、其何れの方面より見るも女は矛盾の動物なり」。女は「体」の問題ではなく「心」の問題だと言っているのである。この時代から、徐々に「心」が問題になり始めてきていることがわかる。ただし、結局女性はわからないと言っている。「〜の動物なり」というフレーズは当時の決まり文句なので、女性を動物に見なして特に蔑視しているわけではない。ポイントは「ミステリー」や「矛盾」という言葉である。すなわち、女性の自我は統一的に把握できないと言っているのである。あるいは、女性は統一的な自我を持つ存在とは認識してはいなかったのである。

漱石文学をよく読んでいる読者ならば、「矛盾」という言葉に反応するだろう。『三四郎』のあの場面。三四郎が上京して同郷の先輩・野々宮宗八を大学の研究室に訪ねたあと、池の端にしゃがんでいる場面である。美禰子が三四郎の前を通り過ぎたあと、三四郎は一言「矛盾だ」と言う。そう、三四郎は「女性はわからない」と言っているのである。三四郎の「矛盾だ」という言葉は、東京帝国大学のエリート学生だから出た言葉ではなくて、ある程度リテラシーのある男性に共通する女性の見方だったのだ。三四郎の「矛盾だ」という一言の向こうには、当時の大衆本の世界が広がっていたのである。

次は、白雨楼主人『きむすめ論』を引用しておこう。

これは『こころ』と同時代の本で、実は発禁となっているのだが、内容はまったく無害。おそらく、タイトルだけで発禁となったのだろうが、こういう具合に、発禁となる基準が明確でない方が権力はより効果的に機能する。なぜなら、基準がはっきりしていれば対策が立てられるが、「気まぐれ」だとそれができないので、自主規制せざるを得なくなるからである。自主規制とは権力の内面化にほかならない。

その中に、次のような言葉がある。「先生」がお嬢さんのことがわからないのがどういうことなのか、それが当時として女性のとらえ方の一つのなのだということがよくわかる。

知《し》り得《え》たるが如《ごと》くにして不可解《ふかかい》なる者《もの》は處女《しよぢよ》の心理作用《しんりさよう》である、言《い》はんと欲《ほつ》する能《よ》く言《い》はざるものは處女《しよぢよ》の言語《げんご》である、問《と》へども断《あきら》かに語《かた》らざる者《もの》は處女《しよぢよ》の態度《たいど》である、知《し》つて而《しか》して知《し》らずと謂《い》ふものは處女《しよぢよ》である、想《おも》ふて而《しか》して語《かた》らざるものは處女《しよぢよ》の特性《とくせい》である、不言《ふげん》の中《うち》に多《た》趣《しゆ》多様《たやう》の意味《いみ》を語《かた》るものは處女《しよぢよ》の長所《ちやうしよ》である

（白雨楼主人『きむすめ論』神田書房、大正二年一一月）

この時代の「処女」とは「未婚の女性」という意味である。「先生」はお嬢さんをまさにこのように見ていたのだろう。お嬢さんが少し言葉を発すれば、「先生」はそれはどういう意味なのだろうかと考え続けなければならなくなる。このように未婚の女性を見ることは、何も「先生」に特有の見方ではなく、知識人としては一般的だったのである。

『こころ』は、「先生」が叔父に裏切られて人間不信に陥ったからお嬢さんも信じられないと、ふ

つうは読むのだろう。『こころ』という閉じられた小説の世界の中では、それで「正解」だ。しかし、『こころ』を同時代的なコンテクストの中に置いてみると、多くの知識人は若い女性をこう見ていただろうことがわかる。また、『こころ』にとって次の一節は興味深い。

處女《しよぢよ》を以《もつ》て一種《しゆ》の賣物《うりもの》とするは少《すこ》しく語弊《ごへい》がある、然《しか》れども現代思想《げんだいしさう》から謂《い》へば慥《たし》かに賣物《うりもの》と云《い》ふことが出來《でき》る

（同前十「處女は一種の賣物である」（八））

娘《むすめ》を持《も》てる下宿屋《げしゆくや》の何時《いつ》も滿員《まんゐん》に閉口《へいこう》すること

（同前）

若い娘がいる下宿屋は繁盛すると言うのだ。これは、「先生」がなぜあの家に下宿したのかを考えるための参照項となる。

当時、「朝日新聞」の発行部数は東京・大阪あわせてだいたい三〇万部程度だが、日本の知識人層は、最大限に見積もってそのくらいではなかっただろうか。極端に言えば、知識人層はみな読んでいたわけだ。その読者層は、「先生」が若い女性のいる素人下宿を選ぶところを読んだその瞬間に、「先生」の下心を見抜いたにちがいない。「ああ、「先生」はこの女の人と恋に落ちるのだろうな」、あるいはもっと露骨に「この女性が目当てなのだろうな」と。

一方、お嬢さんの母親＝「奥さん」に目を移せば、「處女を以て一種の賣物とする」、すなわち、

自分の娘＝静をできるだけ高く売ろうとする心理が働く時代だったということだ。「奥さん」がそう思ったかどうかはここでは問題ではない。当時の読者がそう読んだであろう可能性がかなり高いと言いたいだけだ。雑書を参照すると、小説に書かれていないことが見えてくる。

『こころ』の研究史上、未亡人の「奥さん」とお嬢さん＝静の策略説が三〇年くらい前から出てくる。〈煮え切らないでぐずぐずしている「先生」をプロポーズさせるために、Kを誘惑するそぶりを見せつけて、それで「先生」に嫉妬心を起こさせてプロポーズに踏み切らせた〉という策略説である。これは現代の女子学生ならばむしろ「当たり前」と言うかもしれないが、研究者の感性は保守的なのか、策略説を許さないようなところがある。

こうした現代からの読みとは別のコードとして同時代的な言説を参照するなら、策略説は成り立ちやすいかもしれない。お嬢さん＝静をなるべく高く売りたいと思っている「奥さん」にとっては、多額の遺産を持っていて、利子だけで生活できる「先生」は格好の「商売相手」だったのかもしれないからだ。これは『こころ』の閉じられた世界では荒唐無稽な読み方かもしれないが、『こころ』を同時代的な文脈に開くと、必ずしも荒唐無稽とは言えなくなる。

『こころ』の下・十四章に次のような一節がある。

私は奥さんの此態度の何方かが本當で、何方かが偽だらうと推定しました。さうして判断に迷ひました。ただ判断に迷ふばかりでなく、何でそんな妙な事をするか其意味が私には呑み込めなかったのです。理由を考え出さうとしても、考へ出せない私は、罪を女といふ一字に塗り付けて我慢した事もありました。必竟女だからああなのだ、女といふものは何うせ愚なものだ。私の考へは行き詰まれば何時でも此所へ落ちて来ました。

フェミニズム批評ならばウーマンヘイティングとかミソジニーとか女性嫌悪とか批評するところだろうが、時代的なコンテクストからは「女性の謎」という言葉で説明できる。「先生」も「女性がわからない」というパラダイズムの中に生きていたのだ。だから、「奥さん」の意図もわからないし、お嬢さん＝静の言っていることもわからないのである。

これは『こころ』という閉じられた世界では、〈叔父さんに裏切られて人間不信に陥ったから、「先生」は奥さんもお嬢さんも信じられなくなってしまった〉と読むだろう。まちがいではないが、〈叔父さんに裏切られたから人間不信になって、お嬢さんも奥さんもわからなくなって、女の人は馬鹿だと思った〉というように文脈を追ってみると、どこか調子が狂っていることがわかる。〈裏切られたから、女性は馬鹿だと思った〉というところがつながらないのだ。そのつながらないところをつなげようとするなら、同時代の文脈＝「女の謎」を参照するしかない。

「心」というフロンティア

漱石は「女の謎」を書き続けた作家である。『こころ』も例外ではなかった。かつては、谷崎潤一郎や川端康成は女性を書くのがうまい作家だが、漱石は下手だと言われていた。しかし、こうして見ると、谷崎や川端が書いていたのは「女のからだ」だったことがわかる。漱石は「女の謎」という形で女性を書いていたのである。

『三四郎』がそうだ。三四郎は美禰子に振り回される。三四郎から見ると、美禰子は「謎」だらけだ。なぜなら、当時の若い知識人の多くがそうであったように、三四郎は女性を解読するコードを持っていないからである。『それから』の三千代も「謎」だと言っていい。近年は、上京してきた三千代が代助をそっと誘っていると読まれているが、それが「謎」に見える。三千代は心臓病だから、夫の平岡とも体の関係を持てない。だから、平岡が放蕩をして借金ができたと、代助も認識している。三千代は〈夫の平岡とはセックスしていませんよ〉とそっと代助に告げているわけだ。これは、かなりきわどい誘い方だと言える。

『門』は、友人の安井の妻お米を宗助が姦通して奪ってしまうと読むのはまちがいである。夏休み前は一緒に京都に戻ろうと約束していたのに、それが突然そうならなくなるのだから、安井とお米との関係は夏休み中にできたと考えるほかない。しかも妹だと紹介しているうえに、安井の生活に経済的不安はない。二人は結婚してはおらず、おそらくは駆け落ちしたのだ。宗助は友人の恋人を奪っただけなのである。だから、姦通ではない。漱石が姦通を書くはずがない。新聞が発禁になったら大変なことになるからである。新聞小説家として最後の一線は越えないと考えるのが常識というものだ。姦通まで書いてしまったら、新聞小説作家としては失格だろう。

後期三部作は「女の謎」に振り回される男たちを書いている。『彼岸過迄』の須永市蔵には千代子がわからず、『行人』の長野一郎には妻お直がわからない。『こころ』の「先生」はお嬢さんがわからない。『明暗』は、自分はどうして清子に振られたのかわからないという、昔の恋人の「謎」を追いかける津田由雄が主人公である。それを明らかにするために、津田は清子のいる温泉場に行く。『明暗』は「女の謎」を追いかける男の物語なのだ。

漱石は「女の謎」ばかり書いている。小谷野敦は、漱石文学の男たちは、〈女性は二人の男を同時に愛することができるものかどうか〉という問いに悩んでいるという主旨のことを言っている（『夏目漱石を江戸から読む』中公新書、一九九五・三）。それが、漱石文学に現れる「女の謎」の形なのである。『彼岸過迄』では、須永が千代子が自分と高木の両方に恋しているのではないかと悩んでいる。『行人』の一郎は言うまでもない。自分の妻のお直が自分と弟の二郎との両方に恋しているのではないかと悩んでいる。『こころ』では、「先生」がお嬢さん＝静が自分とKの両方を愛してしまっているのではないかと悩むわけだ。Kの方を好きなのではないかと思うのだが、自分に思いがあるという感じを捨てることもできない。

漱石文学では、「女の謎」は、具体的には〈女性は同時に二人の男性を愛せるものだろうか〉という問いの形をとる。現代の女性の立場からすれば「できるに決まっているではないか」というのが答えだろう。しかし、当時としてはそれが大いなる疑問だったのだ。不思議な時代だとも言える。

女が「謎」の存在である理由は、生物学に求められた。両性問題の見地から、こう考えられていた。〈女は生物学的に体の仕組みが男とは違う、体の仕組みが違うということは心も違う〉――こういうわけだ。これが儒教道徳的な男女観と合わさって、〈男は愛する動物だが、女は愛される動物だ〉と、当時は信じられていた。「だとすると、愛される動物である女性が自分から愛することがあるのだろうか。しかも、二人の男性を同時に」という問いになってしまったのである。これは、男性にとって大問題だった。

こうした時代的なコンテクストが、『こころ』の大前提にあった。「先生」があれほど逡巡するのは、人間不信に陥ったからという理由だけではなかったのだ。女性という存在それ自体が、決して解くことができない「謎」だったからである。

「先生」がどうしてあれほどまでにKに敵意を持つのか。それは、「先生」にはお嬢さん＝静が信じられないからなのだ。信じられないのはKではなく、お嬢さん＝静であり、その根底には「女の謎」という名の女性不信があった。「先生」の「心」は、その「女の謎」の周りをぐるぐる回り続ける。「先生」の「心」には「終わり」がない。「心」は永遠にフロンティアであり続ける。それが、「心」という名のフロンティアを小説にした漱石の功績だった。

姜尚中

夏目漱石『明暗』
――イニシエーションの文学

夏目漱石との縁は、私が偶さか熊本で生まれたことがキッカケである。漱石は、熊本に四年三ヶ月も滞在し、熊本の地で祝言を挙げ、新婚生活を営み、長女・筆子をもうけ、そして名作、「草枕」や「二百十日」を残している。熊本のあちこちに漱石の気配が今も残っており、私はその一端に触れ、漱石が好きになったのだ。

しかし、私が熊本に生まれたのは、父と母が祖国（韓国）を離れ、当時の宗主国・日本の棲みつくようになったからだ。異郷と故郷の間で辛酸を舐めながらも、熊本に落ち着いた父と母。父母にとっては異郷の地が、私の故郷になり、しかしそれでも「異国」の母斑は私にしっかりと刻み込まれることになった。私もまた、父と母とは真逆に、異郷と故郷の間で思い悩むことになったのである。

父母にとっての故郷が、私にとっての異郷であり、彼らにとっての異郷が私の故郷であった。こうしたねじれと煩悶を考えれば、私の「漱石惚れ」は奇妙に思われるかもしれない。なぜなら、漱石の生涯は、ほぼ明治という時代の始まりから、大正という、現代史へのプレリュードとなる時代の始まりと重なり、それは、同時に近代韓国の苦闘の歴史とほぼ重なり合っているからである。漱石の人生は、韓半島が、一衣帯水の隣国（日本）によって力づくで植民地化への屈辱を強いられる、その茨に満ちた歴史とシンクロしているからである。

そして漱石が最も多産な創作活動に没頭した晩年の十年は、韓国が日本によって外交権を奪われ、完全に植民地「属国」に転落し、同時に「三・一独立運動」へと盛り上がりを見せようとする、韓国の「偏頗な」近代の黎明期とオーバーラップしている。漱石という、日本の国民作家が、そうした韓国とどんな関係を取り結んでいたのか、それ自体、文学史的なテーマにとどまらず、文化史的、政治史的、社会史的な意味を帯びざるをえない。漱石も、その韓国をどこかでハッキリと意識していた。

中期の三部作のひとつである『門』では、主人公の代助が、哈爾賓《ハルビン》で安重根に射殺される伊藤博文の死について語っているし、また植民地「朝鮮」は、半ば「満州」と一体となって、「内地」の主人公たち（大助とお米夫婦）の生活の「外部」に広がるどこか胡散臭い、しかしそれでいて一攫千金を夢見る男たちの「フロンティア」として描かれているのである。

それだけにとどまらない。実際、漱石は、満鉄（南満州鉄道）の第二代総裁で、学友の中村是好の取り計らいもあり、当時の満州と植民地「朝鮮」を漫遊する機会に恵まれているのである。それはエッセイ「満韓ところどころ」にまとめられているが、帝国の国民作家がその植民地や半植民地に注ぐ眼差しは、エドワード・サイードが『オリエンタリズム』で批判の俎上にあげている、名だたる英仏の作家ほど徹底した「オリエンタリスト的」な心象と戦略に貫かれているわけではない。

むしろ、その眼差しには「揺らぎ」が見られ、西欧と日本、そして日本の「隠れた他者」である「朝鮮」（や「満州」さらに「支那」（中国））の三つ巴の中で彷徨しているように見える。なぜなら、同じく中期の三部作『三四郎』の中で、主人公の三四郎が上京する車中で知り合いになる広田先生は、「日本は亡びる」と断言しているように、漱石の中で帝国・日本は、たとえ欧米列強のひとつに数えられるようになったとしても、確固不動の存在であったわけではないからだ。いや、むしろその脆さ、さらにその病理をも痛感していたと言える。

生前中に国民作家になりうるほどの声望をえていた漱石が、自ら帰属している帝国の在り方と行く末に、根本的な疑念を抱きつつ、それが外面的に隆盛を極めれば極めるほど、その内側に病理を抱え込んでしまわざるをえないという背理。この背理を、自らも精神に病を来たしつつ、「近代」というものの根本的な背理にまで掘り下げ、道半ばにして果てた漱石という存在は、ひとつの「奇跡」と言ってもいいかもしれない。なぜなら、漱石ほど、非西欧世界の「近代」というものが強いる「病い」に全身全霊で格闘し、その行く末すらも洞察しえた希有な知性は見当たらないからだ。

それでは、その「病い」とは何か。それは一言で言えば、「私」（自我）が自由な存在として現れて来た時に、その内部に不可避的に抱え込んでしまわざるをアイデンティティ（「自己同一性」）と「他者」（他我）の葛藤の問題に他ならない。「私」は「私」でありながら、しかも「他者」をその「他者性」において承認し、それでも自らを信じ、「他者」を信じることができるのか。そこには、「私」が、そして「他者」が、不透明なまま、「謎」として立ち現れて来る「近代」という時代の根源的な背理が強く意識されている。

すでに漱石の最初の新聞小説である『虞美人草』の中で主人公のひとりである甲野青年は、その日記の中に「宇宙は謎である。……疑へば親さへ謎である、兄弟さへ謎である。妻も子も、かく観ずる自分さへも謎である。此世に生まれるのは解けぬ謎を、押し付けられて、白頭に儃佪《せんくわい》し、中夜に煩悶する為めに生まれるのである」と書き綴っているが、これは漱石の思いでもあった。

漱石が、文学あるいは小説という手法を通じて格闘し続けたテーマ、それはひとえに「私」（自我）と「他者」（他我）の問題系であったと言っても言い過ぎではない。漱石という存在は、東アジアの中で早熟的に「欧化」を通じて「近代」の洗礼を受け、同じく早熟的に「帝国」へと突き進んで行った近代日本が、その体内に生み出した「異胎」であったと言える。

ロンドン留学中は精神の病いに悩まされ、その後も、生涯、「神経衰弱」を煩い、にもかかわらず、病躯をかって「近代」という不可逆的な時代が強いる「私」と「他者」の根源的な「謎」に肉薄しようとした漱石文学は、東アジアの近代の中で類い希な現象である。

そして自由が地球的規模で拡散し、「自己」と「他者」がグローバルに繋がりながらも、いや、様々な情報やコミュニケーションを通じて普遍的に繋がっているがゆえに、益々、「私」のアイデンティティが揺らぎ、「他者」が不透明にならざるをえない現代において、漱石の文学的な試行は、益々、アクチュアルな意味を帯びざるをえない。

そのアクチュアルな現代性の無限の可能性を秘めた大作こそ、未完に終わった『明暗』ではないか。それは、漱石の文学的な試行の到達点であり、その最高峰に位置すると言ってもいい。もちろん、それは、幸か不幸か、未完成であり、残された形としては文学的想像力の翼は突然、閉ざされたままである。

しかし、未完であることを嘆く必要はない。むしろ、未完であるが故に、読者は、漱石の文学的想像力を浮力にして自由に飛び立ち、余白に自らの想像力の軌跡を残すことも自由なのだ。

それでは、『明暗』はいったい、どんな小説なのか。それは、端的に言えば、「私」が「私」でありつつ、同時に「他者」をその「他者性」において受け入れ、しかもそれぞれが自らを「個我」として確立しながら、自分を、他者を活かしていくことは可能なのか。可能であるとすれば、それはどのようにして可能となるのか。この実験的な試みこそ、『明暗』のライトモチーフである。

このモチーフを、『明暗』は、男女や夫婦、親子や親戚、あるいはその周辺に広がる「世間」という世界の中で、したがってその意味で極めてありふれた日常の世界の中で追究しているのである。そこには、何か劇的な大事件や波瀾万丈のドラマがあるわけではない。

津田という、都市の中流階級のアッパーに属している、いわば「高等遊民」崩れのような煮え切らない男と、漱石文学にしては珍しいほど、積極的に愛を探究し、冒険を厭わないお延という女。このふたりの新婚ほどない夫婦を中心に、親子や親戚、遠戚の人物や友人たちが取り巻く「世間」が、小説の舞台になっている。

津田は、明らかに『三四郎』『それから』『門』の主人公たち――三四郎、代助、宗助――を総合したような、見栄っ張りで、優柔不断、そして高学歴で、親に「パラサイト」するような男である。しかも、津田は、人一倍、「私」という自我の世界に拘泥し、それへの固着的な「自愛」に浸っているような男だ。その病理は、すでに冒頭、彼の痔病の痼疾的な疾患として示唆されているが、同時に、彼の内面は、「ニル・アドミラリ」(nil admirari)、何ごとにも無感動な空虚さが漂っている。

津田は、下層の底辺でうごめき、世間から脱落した友人の小林の涙にも冷淡な男である。「彼(津田)は小林を泣《な》かせるものが酒《さけ》であるか、叔父であるかを疑つた。ドストエヴスキであるか、日本の下層社会であるかを疑つた。其何方《そのどつち》にした所で、自分とあまり交渉のない事《こと》も能《よ》く心得てゐた。彼は詰《つま》らなかつた。又不安であつた」。

そんな夫の津田に、「誰《だれ》でも構《かま》はないのよ。たゞ自分で斯《か》うと思ひ込《こ》んだ人《ひと》を愛するのよ。さうして是非其人《ひと》に自分を愛《あい》させるのよ」といった、自己主張する女、お延が愛を貫く探究者として立ち現れてくるのである。明らかにお延は新しいタイプの女性だ。

彼女は、津田と彼を取り巻く親戚や遠戚、上司やその係累がつくり出す世間という安定した秩序をも壊しかねない「愛の冒険家」である。

こうした津田とその妻、お延を中心に「明」の世界が展開していくとすれば、同時にそこには常に「暗」の世界が影のように付きまとい、やがて津田の上司・吉川の夫人の暗い情念に突き動かされた悪意の計略で、津田は「暗」の世界へと真っ逆さまに落ちて行くことになる。津田は、吉川夫人の計略で、かつて津田の愛を受けながらも津田のもとを去って行った清子との再会へと導かれて行くのである。それは、津田が、お延を裏切り、暗い情念の世界へと誘われて行くことを暗示している。

その「明」から「暗」への転換は、黄泉の世界への旅立ちのように劇的だ。

「馬車はやがて黒い大きな岩のやうなものに突《つ》き当《あた》らうとして、其裾をぐるりと廻り込《こ》んだ。見ると反対の側《がは》にも同じ岩の破片とも云ふべきものが不行儀に路傍《みちばた》を塞《ふさ》いでゐた。台上から飛び下りた御者はすぐ馬《うま》の口《くち》を取《と》つた。

一方《ぱう》には空《そら》を凌《しの》ぐほどの高《たか》い樹《き》が聳えてゐた。星月夜の光《ひかり》に映《うつ》る物凄《ものすご》い影《かげ》から判断すると古松らしい其木と、突然一方に聞《き》こえ出した奔湍《ほんたん》の音《おと》とが、久しく都会の中《なか》を出《で》なかつた津田の心《こゝろ》に不時の一転化を与へた」。

「不時の一転化」、それは、津田が「明」から「暗」の世界へ足を踏み入れ、夢とも現とも判然としない世界の中で幻影のような清子と再会すること意味している。「失はれた女の影《かげ》を追」って「暗」の世界、黄泉のような世界へと落ちて行く津田は、津田を運ぶ馬車の「瘦馬《やせ》」にも喩えられている。「冷《つめ》たい山間《やまあひ》の空気」、神秘的な「夜《よる》の色《いろ》」、「其夜《よる》の色《いろ》の中《なか》に自分の存在」が呑み尽くされていく感覚。津田は「思はず恐れ」、「ぞつとした」。明らかに津田は、死の世界へと誘われているのだ。
それでも、津田は自分に言い聞かす。「運命の宿火《しゆくくわ》だ。それを目標《めあて》に辿《たど》りつくより外《ほか》に途はない」と。「ニル・アドミラリ」の主人公は、今や、「運命の宿火」のような「暗」の世界へと疾走し、果たして再び、「明」の世界へと帰還することになれるのか。

小説はそこで終わっている。しかし、大江健三郎が指摘しているように、小説『明暗』の「構造」、そのひとつひとつの細部が明確な「構造」へと合成されていく構成を読み取るならば、漱石の文学的想像力は、間違いなく、愛の飽くなき探究者、お延を津田のもとへと差し向けるはずであり、津田はお延の助けを介して「暗」から「明」の世界へと帰還することになるはずである。その時、津田はもとの津田ではありえない。津田は、漱石が私淑していたプラグマティズムの代表者ウィリアム・ジェイムズの言葉を借りれば、「二度生まれ」（『宗教的生活の諸相』）を生きることになるに違いない。

この意味で、『明暗』は、宗教的な「イニシエーション」にも似た小説であるとも言える。それは、まるで、漱石の小説とほぼ同じ頃にその骨格が書き記されたトーマス・マンの小説『魔の山』の中の、あの最も不可思議で、最も感動的な「雪」の場面のように、「暗」から「明」へ、「死」から「生」への転成を物語っているのである。

「人生の厄介息子」の主人公、ハンス・カストルプは、彼が心を寄せるシューシャ夫人に言う、「生きるためには二つの道があります。一つは普通の、真っ直ぐで正直な道です。もう一つは厄介な道です。それは死を越えて行く道です」と。マンは、このカストルプの独白を敷衍しながら、「知識、健康、生への必要な通路の一つとしての、この病気と死についての解釈は、『魔の山』を秘技伝授の小説（イニシエーション・ストーリィ）にしてます」と解説している（『魔の山』入門」）。

漱石の『明暗』は、マンの『魔の山』にも比肩できる「イニシエーション・ストーリィ」と言えるかもしれない。そこには、漱石にもマンにも共通する人間理解、即ち、人間そのものが一つの謎、あるいは秘密であり、そしてあらゆる人間性は、人間という謎、あるいは秘密に対する畏敬に基づいているという理解である。

この理解を通じて、漱石は、未完の『明暗』によって、「私」が「私」でありつつ、同時に「私」を確立しながらも「他者」の「他者性」を尊重し、共に生きることのできる関係性の可能性を探ろうとしたのではないだろうか。そしてその可能性は、今を生きる私たちに開かれた問いとして残されているのである。

私を虜にした漱石の魅力は、この類い稀な作家が、近代日本を代表する国民的作家でありながら、近代日本の「鬼胎」となって近代の憑きものと格闘し続けて道半ばで斃《たお》れた、その粛然とするような軌跡にあったと言える。

神山睦美

『文学論』の再帰性

存在論的転回

漱石の『文学論』は、奇体な書物だ。文学の普遍的基準を明らかにするというモチーフをそこに読み取ろうとして、記述の内部に分け入っていくと、文学という建造物の成り立ちを表示するプレートには随所で出会うものの、その建造物の価値を表示するプレートを見出すことができない。逆に、引用されている文学作品に対する批評をたどっていくならば、その作品がいかなる価値をもつものであるかが了解できるように論じられていることに気がつく。にもかかわらず、その批評は、文学という建造物の成り立ちを明らかにするための手段でしかないようにみえてしまうのである。

この矛盾を解消するためには、文学作品の価値は、個々の作品の批評からしか取り出すことはできないとしたうえで、さまざまな作品批評を繰り返し行うことによる個別の価値設定へと向ういがいない。そうではなく、あくまでも普遍的な価値基準を設定したうえで、個々の文学作品の評価を行うということであれば、作品批評の際にそれぞれの作品をどのように読み込んでいったのかを内省し、そこから普遍性をもちうるような基準を抽出していかなければならない。いずれにしろ、文学という建造物の成り立ちを示すプレートに目を呉れる暇《いとま》はないのである。

だが、『文学論』の記述から見えてくるのは、もっぱらこちらのプレートであって、価値を示すプレートというのが、そこに二重写しになっているとはいいがたいところがある。もちろん、漱石はこのような二重の構造となったプレートをこそ、普遍的な基準として提示したかった。にもかかわらず、自他共に認めるように、そこにいたりつくまでにはいかなかった。いったい何が隘路となっていたのだろうか。

一言でいうならば、作品批評を繰り返すことによって見出されたものが、作品の成り立ちの根底を律するものであるという確信を手にすることができなかったということだ。つまり『文学論』の漱石は、シェイクスピアからジェーン・オースティンまで数多くの作品を批評することにおいて、当時誰も真似できないような分析と評価をくわえながら、そういう実践のなかから、作品の普遍的な基準への信憑をうるにはいたらなかった。

もちろん、そのことをもって、『文学論』の試みを実際以上に低く見積もることは避けなければならない。少なくとも、そこでおこなわれた批評の実践が第一級のものであったというだけでなく、文学の普遍的基準を明らかにするという、当時誰も考えなかったことを成し遂げようとしたことだけはまちがいないからである。にもかかわらず、このときの漱石には、それを遂げるに足るような未曾有なものへの感触が、いまひとつ薄かったといわなければならない。それが、漱石をして確信や信憑を植えつけさせることを阻んだ最大の理由なのである。

だが、『文学論』の試みから三年の歳月を経て、漱石は、そのものに全身見舞われるのである。きっかけとなったのは、明治四十三年における「修善寺の大患」とその間における三十分間の死の経験にほかならない。この点に関して、『夏目漱石は思想家である』（思潮社、二〇〇七年）において、私は、以下のようなことを述べた。

明治四十三年の「修善寺の大患」が漱石にもたらしたのは、存在論的転回というべきものであった。それは、ペトラシェフスキー事件におけるドストエフスキーの、銃殺間際での恩赦の経験に通じるような何かであったといえる。三十分間の死の経験を通して、漱石は、この生が、死と紙一重のところにあるものであり、それゆえに、存在から根本的に疎隔されたものであるということに打たれた。『彼岸過迄』『行人』『こころ』『道草』『明暗』といった「修善寺の大患」以後の作品は、このような存在論的転回なくしては、書かれることのないものだった。

そう述べたうえで、ではこの存在論的転回というのは、「修善寺の大患」以前には見出すことのできないものなのかと問いかけたのだった。

たしかに『吾輩は猫である』にしろ『坊ちゃん』にしろ『草枕』にしろ『三四郎』にしろ、そういうものの痕跡は、少なくとも作品そのものに見出すことはできない。わずかに『それから』『門』において、三千代への思いを代償に家族からも世間からも追放された代助の存在不安を、真っ赤に燃え上がる炎に象徴させ、また、安井をめぐって罪の意識にさいなまれる宗助の参禅とそのむなしい帰還を、門の前にたたずむ人として描き出すところにかいまみることができるだけである。だが、漱石は、この存在論的転回を支度する動機といっていいものを、『吾輩は猫である』から『門』にいたるすべての作品に用意した。作品の随所に見られる独特な「文の構え」がそれである。

それは『吾輩は猫である』において、「猫」の語りを通して描き出されたこの世に生を享けることの寂寥であり、『三四郎』において熊本から東京へと向う途次の三四郎の、胎内くぐりでもあるかのような経験であり、『夢十夜』に描かれた、波の底に沈んでゆく太陽のあとを追う船の凄まじいまでのインプレッションである。そしてそれらを描き出す「文の構え」は、『それから』『門』にいたって、代助の存在不安や宗助の罪障意識をあらわすメタフォリックな「文の構え」へと結晶していくのである。

これがなければ、「修善寺の大患」が漱石にどのような存在論的転回をもたらしたとしても、『彼岸過迄』『行人』『こころ』『道草』『明暗』といった作品のなかに登場する人間たちの生のありようが現実化されることはなかった。

では、このような「文の構え」はどこからやってきたものなのか。漱石が生まれながらにして身につけてきた「存在的構え」ともいうべきものからということはできないだろうか。いまだ「存在論的転回」にまでいたらないまでも、みずからの存在そのものにしみついてきた不安や罪障意識からなる「構え」からそれはやってきた。このことは、『文学論』を論ずるに当たって、ぜひとも記憶にとどめておきたい事柄なのである。

というのも、文学の普遍的基準を明らかにするというモチーフによって書かれたこの書が、文学作品の価値を「認識的要素（F）と情緒的要素（f）」との結合から引き出そうとするとき、そこに見出されるのは、どこまでいってもこの価値にいたりつくことのできない廻廊のようなものである。にもかかわらず、この廻廊を、「修善寺の大患」における三十分間の死からたどっていくならば、いまだやってくることのない「存在論的転回F」と、それを支度する「存在的構えf」との結合に行き当たると思われるからである。

だが、そのことを受け入れるには、ある条件が必要である。文学作品の価値に対する信憑を植えつけるような未曾有のものへの感触を、『文学論』のなかに、現実のものとしてではなく、ある予兆として認めることができるかどうかということである。それができるならば、「凡そ文学的内容の形式は（F＋f）なることを要す。Fは焦点的印象または観念を意味し、fはこれに附着する情緒を意味す」といった言葉によって、精一杯フォルマリズム的な方法を示唆しながら、このときの漱石が、「存在論的転回F」と「存在的構えf」とをモチーフとした普遍的な価値基準を無意識のうちにも模索していたということができるのである。

では、そのような模索というものは、いかにすれば焦点を結ぶのだろうか。

たとえば、漱石は「日常経験する印象及び観念」をFとfであらわすならばといって、(一)Fだけがあってfのないもの、(二)Fに伴ってfを生ずるもの、(三)fだけでそれに相応するFが認められないものと三つに分類する。さらに、この(三)のfを fear of everything and fear of nothing という英文で記述したうえで、「なんらの理由なくして感ずる恐怖など、みなこれに属すべきものなり」という。いったいこの「理由なき恐怖」とはどういうことであろうか。先の英文を「存在するすべてのものへの怖れといまだ存在しないものへの怖れ」と訳してみるならば、それこそが「猫」の寂寥からはじまって、代助の存在不安や宗助の罪障意識をあらわす「文の構え」へと結晶していくものではないだろうか。

だが漱石は、たとえそうであるとしてもこのfだけでは文学の内容となることはできないという。なぜなら、このfを媒介する観念としてのFがそこには認められないからであり、それを認識することができたとしても、他のfと区別することができないからである、と。そのことは、意識の波ということになぞらえて、こんなふうに言い換えられる。すなわち、意識というものは時々刻々の波形のようにしてあるのだが、これをかたちあるものとして取り出すためには、集合的意識、社会的意識、時代的意識といったものに媒介されなければならない。そして、それらを媒介する意識こそがF1、F2、F3としてあらわされるのだ、と。

漱石はこのような分析を、後になって「失敗の亡骸《なきがら》」「奇形児の亡骸《なきがら》」「立派に建設されないうちに地震で倒された未成市街の廃墟のようなもの」（「私の個人主義」）と語ることになるのだが、理由は明らかである。このfがたんなる情緒ではなく、究極的には「理由なき恐怖」を指し示すものであるとするならば、これを媒介するためには、焦点的印象または観念を意味するFでは足りないからである。集合的意識、社会的意識、時代的意識といったものによる媒介をもってしても、この「理由なき恐怖」に内容をあたえることはできない。そのような媒介によって現れた文学作品を、価値として認めることはできないといってもいい。

だが、漱石は、それがなぜ「失敗」であり「奇形児」であり「未成市街の廃墟のようなもの」であるかについて説明をくわえるということはしない。その代わりのように、「私の個人主義」という講演の文章に、以下のような一節を書き込むのである。


私はこの世に生まれた以上何かしなければならん、といって何をして好いか少しも見当がつかない。私はちょうど霧のなかに閉じこめられた孤独の人間のように立ち竦《すく》んでしまったのです。そうしてどこからか一筋の日光が射してこないかしらんという希望よりも、此方から探照灯を用いてたった一条《ひとすじ》で好いから先まで明らかに見たいという気がしました。ところが不幸にして何方の方角を眺めてもぼんやりしているのです。ぼうっとしているのです。あたかも嚢《ふくろ》の中に詰められて出ることのできない人のような気持ちがするのです。私は私の手にただ一本の錐《きり》さえあればどこか一ヶ所突き破ってみせるのだがと、あせりぬいたのですが、あいにくその錐は人から与えられることもなく、また自分で発見するわけにも行かず、ただ腹の底ではこの先自分はどうなるだろうと思って、人知れず陰鬱《いんうつ》な日を送ったのであります。

大正三年（一九一四年）

ここに述べられているものこそ「存在するすべてのものへの怖れといまだ存在しないものへの怖れ」としてのｆではないだろうか。だが、『文学論』にいわれたように、このｆは、なにものかの媒介がなければ、このような一節として表現されることはない。では、ここで理由のない怖れとしてのｆを媒介しているＦとは何だろうか。

「修善寺の大患」における三十分間の死がもたらした「存在論的転回」である。事実、「私の個人主義」という講演がいかに「自己本位」ということの意味について述べたものであろうと、この「存在論的転回」に媒介されていなければ、「自己」はどのような内実ももつことはできない。漱石はそういうものとして「自己本位」ということについて語り、それを語る文章を「存在論的転回Ｆ」と「存在的構えｆ」との媒介からなるものとしてあらわした。そのことによって、『文学論』の試みが、いまだこのような水位にいたるものではなかったということを示唆したのである。

だが、それがいかに「失敗」であり「奇形児」であり「未成市街の廃墟のようなもの」であったとしても、そこにいまだ「存在論的転回F」に媒介されることのない「存在的構えf」を見出すことは可能なのだ。それだけでなく、「存在論的転回F」の予兆のようなものを、そこに感じ取ることもできないことではない。実際、この「存在論的転回F」にいまだ媒介されることのないf、『猫』や『坊ちゃん』や『三四郎』や『夢十夜』や『坑夫』といった作品に「存在的構え」として見出されたfこそが、『文学論』の以下のような一節に浸透し、「存在論的転回F」の媒介を予兆のように待ちのぞんでいるということもできるのである。

春秋は十を連ねて吾前にあり。学ぶに余暇なしとはいはず。学んで徹せざるを恨みとするのみ。卒業せる余の脳裏には何となく英文学に欺かれたるが如き不安の念あり。余はこの不安の念を抱いて西の方松山に赴むき、一年にして、また西の方熊本にゆけり。熊本に住する事数年未だこの不安の念の消えぬうちに倫敦《ロンドン》に来れり。倫敦に来てさへこの不安の念を解く事が出来ぬなら、官命を帯びて遠く海を渡れる主意の立つべき所以《ゆえん》なし。されど過去十年においてすら、解き難き疑団《ぎだん》を、来る一年のうちに晴らし去るは全く絶望ならざるにもせよ、殆んど覚束《おぼつか》なき限りなり。（「序」）

周知のように漱石は、帝国大学を卒業し、東京高等師範学校に奉職するものの、わずか二年にして、みずからを追放するかのごとくに、松山へ、熊本へと向かった。その間、漱石をむしばんでいたのはいやすことのできない「不安の念」であった。そのことは、ここに見られる「文の構え」から明瞭に受け取ることができる。それは、決して「英文学に欺かれたるかの如き不安」として一般化することのできない、いわば理由のない不安だった。だからこそ、この不安の念の消えないうちに倫敦《ロンドン》に来たものの、さらに解きがたい不安にとりつかれることになったといわざるをえないのである。

この不安は、漱石という存在を根底からとらえているものであって、少時より好んで学んだ漢籍に浸っている間は、意識しないですむものなどではなかった。たしかに『文学論』の「序」にそういう記述を認めることができるのだが、ここに見られる「文の構え」は、そのような記述を根本から裏切っている。それだけではなく、漱石二十歳前後につくられたという漢詩のなかには、心の平安を叙するものなど一つもなく、青春の彷徨と青年期の憂愁とをうたったものがほとんどなのである。その根底にあるのは、幼い時から彼を駆り立ててやまない理由のない不安にほかならない。

だが、そういう漢詩表現であっても「存在的構えf」のあらわれとしては瞠目すべきといえるものの、いまだそこには「存在論的転回F」の媒介を経ることのない「文」としてあるほかなかった。とはいえ、この文は、それを予兆のように待ちのぞんでいるといってもいいものでもあった。それが、『明暗』執筆時の漢詩にいたって、見事なまでに「存在論的転回F」の媒介をうるということは、いうにまたないのである。そのように考えてみるならば、漢詩表現においても、小説作品においても、評論の文体においてさえも、漱石は、「存在的構えf」からはじめて、「存在論的転回F」による媒介を経、最終的にはこの二つの結合するところに最上の文学を打ち立てていったといえる。

それは、みずからの表現においてのみいえることではない。まさに、文学の普遍的基準を模索するという『文学論』の試みが、この「存在的構えf」と「存在論的転回F」との媒介・結合に価値を見出すべく進められたのであって、そこにいたりつくための中間報告のように「認識的要素（F）と情緒的要素（f）」との結合というテーゼが打ち出されたということもできるのである。そのことを明らかにするためには、『文学論』のなかに、このテーゼにしたがって分析された文学作品の仕組みについての叙述をたどるのではなく、このテーゼが個々の文学作品の批評においてどのように読みかえられていくかをたどっていかなければならない。それは、同時に漱石の「模索」のあとをたどることでもあるからである。

戦い・争闘・格闘

そこで、まず「認識的要素（F）と情緒的要素（f）」がどのように作品批評において読みかえられていくかをたどってみることにしよう。「第一編第二章　文学的内容の基本成分」において漱石は、「情緒的精神状態が文学の内容となりて入り込む場合」について検討するために、恐怖、怒、同情、自己観念、宗教感情といったものを挙げている。「恐怖」が文学の内容となっている例として、シェイクスピアの『ハムレット』と『マクベス』が、「怒」の例としてホメロスの『イーリアス』、シェイクスピアの『リチャード三世』『ヘンリー六世』『コリオレーナス』などの一節が引用され、言及される。だがそこで、引用された一節がどのように「認識的要素（F）と情緒的要素（f）」との結合によって成り立っているかの指摘は、ほとんどみられない。それにかわって、以下のような言葉が連ねられるのである。

怒の表白は種々あるべけれど、その最も代表的なるは戦なり、殺戮《さつりく》なり、破壊なり。

つまり漱石は、『イーリアス』においても『リチャード三世』『ヘンリー六世』『コリオレーナス』においても、「怒」という情緒が「存在的構えf」としてあらわされているので、それが「存在論的転回F」によって媒介されるとき「戦い」「殺戮」「破壊」を根本とするような文学作品としてあらわれるといおうとしている。そのことを、シェイクスピアの『コリオレーナス』などは「争闘文学の粋《すい》と称して可なるべし」という言葉で示唆するのである。

これは「恐怖」についても同様である。『ハムレット』における先王の幽霊への恐怖にふれ、『マクベス』における夜を切り裂くような女の叫びにも恐怖を感じなくなったマクベスについて語るとき、この「恐怖」という「存在的構えf」が「存在論的転回F」に媒介されることによって、「戦い」「殺戮」「破壊」からのがれることのできない人間たちの悲劇があらわれるということが示唆されるのである。

漱石はそこで、不安や恐怖や怒りというものは、私たちの生が存在から根本的に疎隔されているということからやってくるのであって、そのかぎりでは全く理由のないものにほかならないのだが、にもかかわらず、このような理由のない不安や恐怖や怒りに駆られて、人間は人間を傷つけ、「戦い」「殺戮」「破壊」へと突き進んでいくということを直観している。そこから、ホメロスやシェイクスピアの文学とは「存在的構えｆ」と「存在論的転回Ｆ」との結合からなるものという直観がやってきたといえる。

だが、実状をいえば『文学論』の漱石は、理由のない不安や恐怖や怒りをｆとして取り出すことができても、これが存在からの根源的疎隔に由来するものであり、そこからたがいに傷つけあわずにいられないような衝動に巻き込まれていく人間のありかたが取り出されるということを確信するにいたっていない。それをするためには、いうまでもなく「修善寺の大患」における「存在論的転回」を待たなければならなかったのである。

とはいえ、『文学論』の記述は、まるでその予兆を感じ取っているかのように自己観念、宗教感情について、以下のように進められるのである。

すなわち、自己観念とは「ego に附きての感情なり」として、その積極面を虚栄、慢心、意気といったものに認め、消極面を謙譲、小心、失望といったものに認める。そのうえで、ミルトンの『失楽園』に登場する魔王やシェイクスピアの『コリオレーナス』の人物像を分析していくのだが、いかなる失敗に陥り、困難に遭遇しようと虚栄の翼を広げずにはいない魔王の姿や、慢心のなすがままにローマ市民を敵に回してさえ、おのれを貫き通そうとするコリオレーナスの昂然とした姿について言及する漱石は、人間というのがいかにみずからの意志によっては統御することのできない感情や観念にとらえられ、奈落の淵に落ちていくものであるかを示唆する。とともに、そのような悲劇的境涯においても、なおかつ自尊心やプライドを捨てることならず、「意気凛然《りんぜん》」たらんとするものであるかをも語りかける。そして、このような批評においてこそ、漱石は、「存在論的転回F」を予兆のように感じ取っているといえるのである。

このことは、宗教的感情についての記述において、一層示唆的に説明される。まず漱石は、抽象的観念に伴う情緒fというものを挙げ、そのなかで最も喚起力の強いのは超自然的事物に対する情緒であるとする。そのような情緒があらわされたものとして、アウグスティヌスの『告白』を例に挙げるのだが、問題は、キリスト教という宗教に見られる情緒や感情にあるのではない。事実、「第三章　文学的内容の分類及びその価値的等級」において漱石は、認識的要素（F）を感覚F、人事F、超自然F、知識Fと四つに分類しながら、最も強大なfを起こしうるものとして超自然Fを挙げるのである。つまり超越的な存在がもたらす情緒こそが、多大な情緒をもたらすのであって、宗教的感情や宗教的情緒というものの本質はここにあるというのである。

漱石は、さらにこの超越的存在をキリスト教の信仰にかぎることのできない「神」の存在性とみなすことで、なぜそれに対する情緒が強い喚起力をもたらすのかという問いを立てる。それは無限や絶対といった最高概念としての宗教的Fに由来するという一般的理解に対して、いったい超越とか無限とか絶対というのはいかなるものか、そういうものとしての神はいかにして人間の前にあらわれるのかという問題抜きに、この問いは解かれないと考える。漱石の答えは、以下のようなものである。

神とは人間の固有の情緒から湧き出てくるものだが、この情緒とはまずこちらを害し破壊しようとするものに対する憎しみとしてあらわれる。憎しみはおのずからそのものに対抗し、打ち倒そうとする感情を掻き立てる。だが、どのように対抗しようとその強大な力に屈せざるをえないということが明らかになるとき、この憎しみは一変して恐怖と化す。この恐怖は、時におのれの力の及ばざるものへの崇拝へと変わり、それが全知全能の存在をもちきたらす。つまり、人間はおのれを侵害するものに対する憎しみと恐怖からのがれようとして無限かつ絶対の神を呼び起こし、これを人間を超えた存在として崇拝するというのである。

こうしてみれば、漱石が「宗教的感情f」と「宗教的力F」との結合に文学的内容を読み取ろうとするとき、「存在的構えf」と「存在論的転回F」との媒介・結合に文学の普遍的な基準を見出そうとする意図が確実に投射されていたということができる。というのも、おのれを侵害してくるものへの憎しみからそのものとの格闘へと促され、結局は、その強大な力のために敗北の余儀なきにいたることによって、深い絶望や恐怖に陥っていくとき、その深淵から無限かつ絶対の神が呼び求められるというありかたこそ、「存在論的転回」の名に値するものだからである。

それは、たとえば「すべての簒奪は、陽の当たるところにわが身を置くことから始まる」という意味のことを語り、「この無限の空間の永遠の沈黙は私を恐怖させる」（『パンセ』前田陽一・由木康訳）と語ったパスカルの「転回」に通ずるものといってもいい。そして、一般者とは異なった固有の情緒に恵まれた例外者を「詩人」と名づけるキルケゴールもまた「詩人の生活は全人世との争闘に始まります、ですから、慰めかそれとも正当な権利かを見つけてやらねばなりません。なぜかといえば、最初の戦闘において、彼はつねに負けなくてはならぬからです。しょっぱなから勝とうなどとすれば、彼は当然の権利をもっていないことになります、わたしの詩人は、いわば、自分自身を破滅させようとしたその瞬間に、人世から放免されて、からくも正当な権利を与えられます。こうして彼の魂は宗教的な色調を帯びていきます。この色調は、けっして発現するにはいたりませんが、もともと彼を担っているものなのです」（『反復』桝田啓三郎訳）と語ることによって、みずからが経験した「転回」にふれていたといえる。

有限性からの表象

こう考えてみるならば、パスカルの恐怖やキルケゴールの絶望というのが、漱石のいう理由のない怖れからもたらされるものであり、それらは同時に、人間の生が、存在そのものから疎隔されているところからやってくるものであるということが、一層明らかになったといえる。問題は、このような存在との根源的疎隔こそが、人間の攻撃性をうみだすということであって、そういう意味でいえば、絶望も恐怖も、さまざまなかたちで、おのれを攻撃するものとの競合関係からうまれるといえるのである。

そのような競合関係に眼をつぶって、もっぱら気晴らしをあたえるものに身をまかせ、さらには絶望という病から癒えようとしないならば、結局は、無限の神にも永遠の生にもふれることがならず、そこからもたらされる宗教感情にもめざめることができない。宗教者としてのパスカルとキルケゴールは、みずからの「転回」からこのような救済理念を導き出した。これに対して、漱石にあっては、超自然的なものや宗教的力、さらにはそこからもたらされる情緒を文学作品から取り出すことができるならば、そこに文学の普遍的な基準が見出されるという考えが採られたのである。

これは、明治四十年という時点において画期的ともいうべき思想であって、明治二十年代にあらわされた北村透谷の「内部生命論」をはじめとするいくつかの論のなかにようやくその萌芽を見出すことができるだけなのである。にもかかわらず、この時点における漱石には、透谷がたとえ未完のものであれ確信として抱いていた理念を、ある予兆としてしか受け取ることができなかった。そのことは、このあとの展開において、神の絶対性や無限性が、人間の相対性と有限性から表象されたものであるという考えの方に比重を移していくところからうかがわれるのである。

漱石は、オーギュスト・コントの説によればとしながら、こんなふうにも述べる。人間の知力がまだ幼稚なる段階においては、自然物に対する崇拝が宗教的感情の根本をなすのだが、しだいにこの感情・情緒が高じてくると英雄という偶像への崇拝、無形の神々への崇拝、さらには全知全能の神への崇拝へと進んでいく。それは、宗教的感情の根本に、より完全なるもの、無限なるものへの渇望が秘められているからであり、それは同時に、みずからの不完全性や有限性に対する意識からうみだされたものということができる。さらには、人間は自然との間で絶えず満たされない欲望を植えつけられているのであって、そのような欲望の極致として理想の集合体があらわれる。それが神と呼ばれるものの実体にほかならない。

ここにはたしかに、コントの『実証精神論』において展開された、神学概念の人類という観点からみられた発展説や、不完全な存在であるおのれを存在せしめているのは完全なる神にほかならないというデカルトの神の存在証明が投影されているといっていい。それだけでなく、満たされない欲望が理想の集合体をつくりだし、人間はそのような理想共同体を絶対なるものとしてやまないという記述には、フォイエルバッハの疎外概念――人間存在の本質を規定するものをその外部に投影し、絶対なる神を打ち立てるとき、そのような神によって、かえって人間が疎外されてしまうという論が投影されているようにも思われるのである。

だが、デカルトにせよ、コントにせよ、フォイエルバッハにせよ神の存在は、人間のもともともっているポジティヴな力によって呼び出されるものである。それが、デカルトにあってはコギトであり、コントにあっては実証精神であり、フォイエルバッハにあっては類的本質なのである。これに対して、漱石のいう有限性とか相対性というのは、存在からの根源的疎隔からやってくるものであり、人間に理由のない怖れや不安を植えつけるものなのである。とするならば、そこから呼び出される神の存在は、根本的にこれらと背馳するといわざるをえない。しかし、漱石の記述を見ていくと、必ずしもそうとはかぎらないのである。つまり、漱石はコントの実証精神やデカルトのコギトやフォイエルバッハの類的本質とどこかで共振している節があるのだ。

『文学論』が「修善寺の大患」以後の漱石から見て「失敗の亡骸《なきがら》」であり「奇形児の亡骸《なきがら》」であり「立派に建設されないうちに地震で倒された未成市街の廃墟のようなもの」であるというのは、このあたりに起因しているといえる。いってみるならば、漱石にとって宗教的感情ｆや宗教的力Ｆは、理由なき怖れや存在論的疎隔からやってくるとみなされているにもかかわらず、現実的に論を進めてみると、このような直観はどこかで、無《な》みされてしまう。神の観念はパスカルやキルケゴールの思想に由来するものであるにもかかわらず、いつの間にか、コントが引き合いに出され、その背後にデカルトやフォイエルバッハが招き寄せられるといってもいい。

これこそが、『文学論』の漱石が、いまだに未曾有なものの感触をうるにいたっていない証拠なのである。このことは、たとえばフォイエルバッハが批判したヘーゲルの絶対精神が、どのようにして打ち立てられたかを考慮に入れてみるならば、より一層明らかになるだろう。

『精神現象学』における「精神」の章において、ヘーゲルは、二つの良心の葛藤について論じている。一つは、良心というものからもっとも遠い存在であって、たとえばドストエフスキーの『地下生活者の手記』に登場する存在を思い浮かべてみればいい。彼は、どのような倫理に対しても道徳に対しても唾を吐きかけ、「一杯のお茶のためには世界が滅んでもいい」といってはばからない人間である。

これに対して、そういう存在を前に、物事の基準を正し、これを説得しようとする正義の人といった人間の良心が対置される。『地下生活者の手記』には、そのような存在は具体的なかたちで登場しない。しかし、良心のかけらもないようなあの男がたてついているのが、世の常識をお仕着せのように身に着けて、それをすきあらば相手にも強いようとする人間に対してであることは、明らかである。この二者のせめぎあいがどうにもならないところまできたとき、「地下生活者」のあの言葉が発せられたと考えることができる。

ヘーゲルは、しかし、このような葛藤が地獄を見るまでにいたったとき、前者に「良心」としての覚えが生ずるという。それは何よりも、「悪」の自覚としてやってくるのだが、この自覚は、自分が相手に対する「ゆるしがたさ」を押しかくしていたという内省としてやってきて、彼を「行動」へとうながす。彼は取るものもとりあえず、そのことを相手に告げることによって、「良心」としての内実をたもとうとする。だが、そのとき後者にもまた、「ゆるしがたさ」への内省がやってくるとヘーゲルはいうのである。

常識と正義を提示することによって、相手の始末の悪さを「批判」してきたこの「良心」は、「悪」の自覚とともに「良心」の覚えを手にした前者の告白に会って、しだいにみずからを省みることをおこなう。結果として、自分もまた、相手に対する「ゆるしがたさ」にとらわれていただけであることに気がついていく。そのとき、彼らは、それぞれに相手に対する「ゆるしがたさ」を越えた場所から、たがいに相手に認めてもらうことを願うのであるとヘーゲルはいう。そして、この「ゆるしがたさ」を超えた場所こそが「絶対精神」ともいうべきものである、と。

ヘーゲルは、明らかにフォイエルバッハの批判のとどかないところに絶対性というものを見ようとしている。つまり、人間の疎外というのは、おのれを攻撃するものとの葛藤からやってくるので、それをのりこえるためには、それぞれがみずからのうちに「悪」を自覚し「ゆるしがたさ」を内省するほかはない。そのとき、この「ゆるしがたさ」を超えた場所から相互の承認というものがやってくる。そこに「絶対精神」を見出すことができるとするならば、この「絶対精神」とは、人間の本質から疎外されたものなどではなく、人間が他者との葛藤や闘争からのがれられないという現実から呼び出されたものといわなければならない。

ここには、人間はおのれを侵害するものに対する憎しみと恐怖からのがれようとして無限かつ絶対の神を呼び起こし、これを人間を超えた存在として崇拝するという漱石の直観に響きあうものがみられる。しかし、漱石は、この直観から普遍的な価値基準を引き出すのではなく、ヘーゲルの絶対性を批判したフォイエルバッハ的な理念に宗教的なものの本質を見出すのである。あるいは、ヘーゲルの絶対性には、どこかに先験的な観念の構えが認められるとして、「ゆるしがたさ」の内省や「悪」の自覚というものが、否定的なものの内的運動の帰結としてやってくるのではなく、「必然の他者」からやってくるのではないかといった意味の批判をおこなったキルケゴールの理念『不安の概念』へと踵を返すということもしなかった。

そのことを思うならば、あらためて『文学論』の漱石が、その思想においても方法においても未生といっていい場所にみずからを置いていたということを認めざるをえないのである。この場所から、やがて未曾有のものに見舞われるとともに、「存在論的転回」にいたることになるのだが、そうであるとするならば、むしろそのような地点から再帰的なかたちで『文学論』の試みを受け取っていくということが、いま私たちに必要とされていることではないだろうか。

清水孝純

漱石とドストエフスキー

―死と病者の光学をめぐって―

はじめに

最初に今日のお話がどういうものかについて簡単に申し上げることから始めたいと思います。今日は二人の作家を並べて論じるというものですが、その場合論の基本に「死と病者の光学」というものを持ってきたということがいわば僕の話の味噌です。「死と病者の光学」とはなにかということから説明しなければなりませんが、まず「死の光学」について申し上げると、人間は一般的に死を体験することはあり得ません。せいぜい死直前のいわば臨死体験を持つことによって死の体験に換えるしかないでしょう。といってもこの臨死体験というものも、それほど一般的ではない。誰しもが体験できるわけのものではないのですから。従って死についてあれこれ論じるとは言うものの、実際には死については何も知ることなく語っているということになります。しかしこれからとりあげる二人の作家はまさしくそのような体験を持ち、しかもその体験を自分の魂の根源に据えて、そこから発信される、なにかしら超越的な感触に導かれながら創作活動を行った、いわば死の光学を手中にしたといえる作家なのです。この二人の作家というのは漱石とドストエフスキーですが、この時空を隔たったふたりを結びつけたものがこの死の光学なのですね。一方「病者の光学」は、死の代わりに病気を持って来ればいいかと思います。健常者ではない、病者独特の世界を見る、自己をみる視力、それが「病者の光学」です。これらふたつの光学を結節点として二人の作家の対比を行ってみたいということなのですが、実はこれは僕が選んで二人を対比したというものではなくて、漱石が彼自身の痛切な体験の中でドストエフスキーの死に臨んだ体験、さらにその宿痾ともいうべき癲癇について、きわめて興味深い回想として語られたものなのです。これは漱石の『思ひ出す事など』という作品の中に出て来るのですが、大体この作品自体は漱石の臨死体験を経て、幾ばくも無い頃それを回想して書かれたものです。漱石はみずからの臨死体験を振り返りながら、そのあらゆる体験の襞を詳密にたどってゆくのですが、その際深い共感の念を持って回想するのがドストエフスキーのペトラシェフスキー事件での死刑寸前までいって生に戻ったという体験であり、ドストエフスキーの癲癇というものです。漱石も彼自身稀有の体験を経たわけですが、その体験のプリズムを通してドストエフスキーの体験をよみがえらせたということですね。世界文学という観点から言っても面白い出会いといえますが、この場合漱石の関心の焦点は何処にあったのか。さらにそのような関心の行方が漱石文学とどうかかわるかという事が問題になるでしょう。究極的には漱石の文学における臨死体験のもつ意義が問題になるかと思います。

修善寺の大患

漱石にいわゆる修善寺の大患と呼ばれる体験がありますが、これが漱石における戦慄的な臨死体験です。詳細は略しますが、漱石は元来胃弱で苦しんできた人です。明治四三年（一九一〇）六月に胃潰瘍で長与胃腸病院に入院します。八月にはいったん退院し、伊豆修善寺温泉の菊屋旅館に療養逗留しますが、病状が悪化し、八月十七日、十八日と吐血をくりかえし、二十四日夜には五百グラムの大吐血をしました。その時漱石は三十分ほどの間人事不正に陥ったといいますが、奇蹟的に回復します。やがて十月には帰京。長与胃腸病院へ再入院します。そこで『思ひ出す事など』の連載を始め、翌年二月まで執筆を続けます。何故「思ひ出すこと」なのかといいますと漱石は「自分は其後受けた身体の変化のあまり劇しいのと、其激しさが頭に映って、此の間からの過去の影に与へられた動揺が、絶えず現在に向つて波紋を伝へるのとで」と語っています。大患の心身に与えた影響の激しさが現在まで及んでいる、書かずにはいられないというのです。三十分間人事不省、いわば死んでいたという恐るべき体験、いわば極限状態を生きた体験を命根に刻み付けなくてはいられないという、なんとも強靭な作家根性ではないでしょうか。執筆に猛烈に反対する人もあったようですが、漱石の執念はすさまじかったのです。それに驚嘆すべきは、その叙述にもよくあらわれていることですが、恐怖の体験のさなかにあっても漱石の意識は鋭く目覚めて、自己を見つめ、把握できるものは把握しているのです。

ペトラシェフスキー事件の死刑執行劇

この『思ひ出す事など』のなかにドストエフスキーのことが出て来るのですが、それはドストエフスキーの生涯において最も重要というべきペトラシェフスキー事件にかかわるものであり。またドストエフスキーの作家としてその想像力の根幹をしめる問題、癲癇にかかわるものです。まず最初の問題について簡単に説明しておきましょう。これはドストエフスキーがペトラシェフスキーというひとのサークルに参加し、それを機に逮捕され、死刑執行寸前までいって、突然死刑を許されるという、死の直前に生へ押し戻されるという体験です。これをペトラシェフスキー事件といっています。

十九世紀四十年代ロシアではサークル活動が盛んでした。ペトラシェフスキー（一八二一―一八六六）もまた代表的なサークル主催者の一人でした。学習院を出た後外務省の通訳になったひとで、そのサークルでは、フランスのユートピア思想の研究をしていました。。社会主義運動に神経をとがらせていた当時の皇帝ニコライ一世は監視を命じて、スパイをそこに潜入させていたのです。一八四八年二月にはフランスで革命が起こっています。なにしろニコライ一世の即位はデカブリストの反乱（一八二五）によって始まったものですから、ニコライ一世は革命をこの上なく怖れていたのです。ニコライ一世は皇帝としてはきわめて残酷さに富んだ人間でした。ロシアの刑罰のひとつに残酷な列間笞刑というのがありますが、これを始めたのがニコライ一世だといわれています。これからお話しするペトラシェフスキー党に対する死刑執行劇もこのようなニコライの考え出した戦慄的な、社会主義者に対する制裁だったわけです。

ペトラシェフスキー党は一八四九年四月二十二―二十三日に逮捕されます。ドストエフスキーは四月十五日の会合でゴーゴリにあてたベリンスキーの手紙を読んだという理由で逮捕されたのです。ドストエフスキーはネヴァ川に面したペトロパヴロフスキー要塞監獄に監禁されます。逮捕された人々のうち二十三人が十一月十六日に軍法会議によって刑が決定され、二十一人が死刑の判決を受けます。こうして十二月二十二日早朝にセミョーノフ練兵場で死刑が執行されることになります。党員は刑台の上で順番を待つ。死刑は三人ずつ行われます。刑台の前に杭が三本離して打ち込まれている。死刑囚はそこに目隠しされて縛り付けられ銃殺隊に向き合います。最初に執行されるペトラシェフスキーだけは目隠しなしに銃口の前に立っています。さて銃が標的に向かってあげられ、いよいよ発射という時になって、皇帝からの伝令が到着、死刑は許され、ペトラシェフスキーは終身鉱山懲役、ドストエフスキーは四年間のシベリア流刑へと減刑されます。この死刑劇のいかにも完璧な進行には党員の誰しもが、あと数分で自分の命は絶たれる、その覚悟を固めたに違いありません。それがクライマックスにおいて、生に一挙に戻される。これはなんとも人間精神にたいする残酷な仕打ちではないでしょうか。この瞬間発狂者もでたといいます。しかもこのことを皇帝側は最初から予定していたというのですから、恐ろしい話です。いかにも残酷なニコライ一世のやりそうなことです。ドストエフスキーはこの日監獄に戻ってから書かれたこの体験を兄にあてた手紙などにしるしていますが、もっとも詳しくは『白痴』のなかでムイシュキン公爵の口を借りて語っています。その叙述を借りますとドストエフスキーはいよいよ死刑となる時が来たと思い、のこり時間を三つに分け、一つは友人へのわかれに使い次は過去を回想する、第三は周囲を見ることに費やすことにしたというのです。この周囲を見回したとき、彼方に教会があった。その尖塔が朝日を浴びて輝いていた。その輝きを眺めたとき、ドストエフスキーは死後自分はあの太陽の光に同化するのだろうかと考えたというのです。

この死後の問題への問いかけ、これこそ以後のドストエフスキーの作家活動の根本を形成してゆくものに他ならないでしょう。なぜここでドストエフスキーは神に祈らなかったのか。それは彼が死後の魂の存続を信じてはいなかったという事です。しかしこれこそこの劇的瞬間によって、その魂に一挙に叩き込まれ生涯をかけてドストエフスキーが追求してゆく問題になるのです。死刑執行という容赦ない具体的な体験によって、人間は実存へと引きだされることになるでしょう。人間に不死はありやなしや。この問題を死ぬまでドストエフスキーは問い続けることになります。

漱石の死の光学

漱石が『思ひ出す事など』（二十一）で語るのはこのセミョーノフスキー練兵場での死刑執行劇でのギリギリの体験ですが、漱石の注視の焦点は生から死、死から生への激しい鋭角の変転というもののもたらすものにあったといえるようです。

彼の心は生から死に行き、死から又生に戻つて、一時間と経たぬうちに三たび鋭い曲折を描いた。さうして其三段落が三段落ともに、妥協を許さぬ強い角度で連結された。其変化丈でも驚くべき経験である。生きつゝあると固く信ずるものが、突然是から五分のうちに死なければならないと云ふ時、既に死ぬと極つてから、猶余る五分の命を提《ひっさ》げて、将に来るべき死を迎へながら、四分、三分、二分と意識しつゝ進む時、更に突き当たると思つた死が、忽ちとんぼ返りを打つて、新たに生と名づけられる時、——余の如き神経質では此三象面《フェーゼス》の一つにすら堪へ得まいと思ふ。現にドストイエフスキーと運命を同じくした同囚の一人は、是がために其場で気が狂つて仕舞つた。

これはドストエフスキーにはない叙述で、漱石が感情移入してパラフレーズしたものです。見事なものですが、というのも漱石にとって修善寺大患のもっとも核心的部分はそのような、生から死、死から生への屈折のもたらすものにあったからです。ただし漱石の場合、実はその中間部分は失神していた、いわば死んでいたのですから、その部分の意識は空白です。だからこそ漱石にとっては、ドストエフスキーが死から生へと蘇った瞬間のドストエフスキーの表情にこだわるのでしょう。漱石は率直に述べています。

ことに彼が死の宣告から蘇へつた最後の一幕を眼に浮べた。寒い空、新らしい刑壇、刑壇の上に立つ彼の姿、襯衣《しやつ》一枚の儘顫へてゐる彼の姿、——悉く鮮やかな想像の鏡に映つた。独り彼が死刑を免かれたと自覚し得た咄嗟の表情が、何《ど》うしても判然《はつきり》映らなかつた。しかも余はただ此咄嗟の表情が見たい許に、凡ての画面を組み立てゝ居たのである。

さらに漱石は自分の体験をそこで記す。漱石の場合は空白がある。漱石はその空白をうめながら死からの蘇りを回想する。

余は自然の手に罹《かか》つて死なうとした。現に少しの間死んでゐた。後から当時の記憶を呼び起した上、猶所々の穴へ、妻《さい》から聞いた顛末を埋めて、始めて全く出来上る構図を振り返つて見ると、所謂慄然と云ふ感じに打たれなければ已まなかつた。其恐ろしさに比例して、九仞に失つた命を一簣《き》に取り留める嬉しさは又格別であつた。此死此生に伴ふ恐ろしさと嬉しさが紙の裏表の如く重なつたため、余は連想上常にドストイエフスキーを思ひ出したのである。

いかにも意識家の漱石らしいではないですか。失神のなかで生に立ちもどり、生の蘇りの歓喜を味わったにしても、死の確実な予感の中で、生の蘇るのを感じるのとでは明らかに差異があるはずです。漱石はその差異を「詩と散文」といっています。詩は言うまでもなく、感情という点から見れば散文を遥かに超えています。漱石はドストエフスキーのその時の感情を散文の体験者たる自分には、「彼の恐ろしさ嬉しさの程度を料《はか》り得ぬと云ふ方が寧ろ適当かも知れぬ」とも書き、つぎのようにこの章を結んでいます。

今は此想像の鏡も何時となく曇つて来た。同時に、生き返つたわがうれしさが日に日にわれを遠ざかつて行く。あの嬉しさが始終わが傍《かたわら》にあるならば、——ドストイエフスキーは自己の幸福に対して、生涯感謝する事を忘れぬ人であつた。

漱石は死という運命から生への蘇りに伴う歓喜に着目しました。漱石がこの情景を想像するにあたって使ったのはモーリス・ベアリング Maurice Baring の『ロシア文学の道標』（Landmarks in Russian Literature）ではないかとおもいます。(1) この英語で書かれたロシア文学紹介の書物は二百九十九頁のうちドストエフスキーには百三十八頁をさいているという、ドストエフスキー紹介にもっとも力をこめているもので、ツルゲーネフ、トルストイをこえてドストエフスキーが西欧で注目を浴びていることをよくしめしているといえます。

ところで歓喜と云う点で言うならば、やはり漱石も想像するような激しい喜びはあったといえるでしょう。ここにドストエフスキーが死刑執行劇から監獄に戻ってその日に兄ミハイルに書いた手紙があります。これは体験の生々しさのにじみでるようなものですが、其処に出て来る次のような言葉にその深い衝撃の在り方を見ることが出来るように思います。

「生活、生活はいたるところにあります。生活はわれわれみずからの中にあるので、外物に存するのではありません。」

さらにこの衝撃で「高遠な芸術を生命として生きかつ創造していた頭」は自分の肩から斬り落とされたが、「しかし、ぼくの中には心情と、それから、やはり愛したり、苦しんだり、悲しんだり、覚えたりすることのできる、肉と血が残っています。それはなんといっても生命です。**On voit le soleil!**（僕は太陽をみるのです）では、兄さん、さよなら、ぼくのことはくよくよしないでください」とも記しています。

このフランス語の表現はユーゴーの『死刑囚最後の日』という大変有名な小説からとられたということが、チェコのベムという研究者によって指摘されています。なるほどその二十九章に **cela voit le soleil**（囚人もまた太陽を見る）という表現を見ることが出来ます。この章は短いものですが、死刑囚がどんな形でもよいから激しく生を望むことを述べたものです。太陽とはそのような願望の

象徴なのです。ドストエフスキーは生に還帰した喜びをユーゴーの小説のこの一節をかりて現わしたのです。(2)

こうしてみると漱石のいう自分の体験に比べて見るとドストエフスキーの体験は詩だといったのはあたっているといえるでしょう。さらに其の幸福を生涯忘れなかったというのもその通りでした。それにしても漱石は単に抽象的に想像するのではなくて、なぜドストエフスキーの歓喜をこころで具体的に感じると云うことが漱石の執念だったのでしょうか。そこに漱石の他者理解の徹底と誠実があったということです。

漱石は森田草平がドストエフスキーに傾倒し、今申し上げた死刑執行劇体験などに強い感銘を受けてその文学を推奨したとき、漱石はそのような異常な体験を描いたといってかならずしも歓迎せず、むしろジェーン・オースティンの、お芋をむきむき書いた小説を高く評価したのでした。いわば日常の生活に基づいた小説にも深い真実はあるといったのです。(3) その漱石が、まさに異常な体験ともいえるこの死刑執行劇を回想するというのも、漱石自身異常な体験によって得た喜びをそこに投げかけて、ドストエフスキーの体験自体を自分のこころを通してつかみ取りたいと云う漱石の願いだったのです。漱石は基本的にどこまでも自分の感覚を通して理解する態度を生き抜いた人です。特に西欧の思想文化にたいしてはそうした考えをもって対した人でした。『文学論』の構想はまさしくそのような信念のもとに生れたものであることはいうまでもありません。

このドストエフスキーの死から生への転換の時の喜びは漱石にはどうしても想像できなかった。

漱石は再三そこに立ち戻ってそれをこころに浮かべようと試みたといいます。それは生に戻った歓喜を明瞭な意識で体験したいという願いからでしょう。ここに後期の小説群を貫く一つの創作方法が生まれて来るのではないでしょうか。つまり運命に陰で操られることへの拒否と、それを超克するものとしての絶対の追求というものです。いわば運命のアイロニーとその超克こそが後期の小説を貫く赤い糸なのです。

漱石の病者の光学

修善寺の大患を契機に漱石はもう一つの重要な接点をドストエフスキーにみいだします。それが先にも述べた病者の光学とでもいうべきものです。ドストエフスキーのそれに対比することを通して、大量の吐血によって一時死に陥ったという恐るべき体験のもたらしたものの確認です。

ドストエフスキーには周知の様に癲癇という持病がありました。ドストエフスキーは『白痴』の主人公ムイシュキン公爵を癲癇持ちにしたてました。それはこの小説においては極めて重要な意味を持っています。そのムイシュキンの癲癇の発作を予兆から終わりまでをドストエフスキーは詳細に叙述しています。それはほぼドストエフスキーの体験そのものといえるでしょう。西欧では「神聖なる病」といわれている癲癇は一種の超現実的な発作とでもいえるものであり、とくにそれが始まる前の数秒間は、宇宙との完全な諧和が成り立っているといったものです。漱石は特にその点に注意をむけ、そのことを「それは自己と外界との円満に調和した境地で、丁度天体の端から、無限の空間に足を滑らして落ちるやうな心持だとか聞いた」とこれまた前記ベアリングの記述によりながら述べたあと、こう記しています。

　「神聖なる病」に罹つた事のない余は、不幸にして此年になるまで、さう云ふ趣に一瞬間も捕はれた記憶を有《も》たない。ただ大吐血後五六日——経つか経たないうちに、時々一種の精神状体《ママ》に陥つた。それからは毎日の様に同じ状体を繰り返した。遂には来ぬ先にそれを予期する様になつた。さうして自分とは縁の遠いドストイエフスキーの享《う》けたと云ふ不可解の歓喜をひそかに想像して見た。それを想像するか思ひ出す程に、余の精神状態は尋常を飛び越えてゐたからである。

健康であれば誰しもドストエフスキーの語る癲癇の発作時の感覚などはそんなものかとぐらいしか思わないでしょう。漱石もそうだったと述べているわけですが、その縁遠いと思われたドストエフスキーの持病が大吐血の恐るべき体験を通して意外に内側から共感されるように近づいてきたということなのですね。漱石は仰向けに寝て、大空を見つめている時の心の状態をこう記すのです。

　何事もない、又何物もない此大空は、其静かな影を傾むけて悉く余の心に映じた。さうして余の心にも何事もなかつた。又何物もなかつた。透明な二つのものがぴたりと合つた。合つて自分に残るのは、縹渺とでも形容して可い気分であつた。

其内穏かな心の隅が、何時か薄く暈《ぼか》されて、其所を照す意識の色が微かになつた。すると、ヹイルに似た靄が軽く全面の向つて万遍なく展《の》びて来た。さうして総体の意識が何処も彼処も稀薄になつた。それは普通の夢の様に濃いものではなかつた。尋常の自覚の様に混雑したものでもなかつた。又其中間に横はる重い影でもなかつた。魂が身体を抜けると云つては既に語弊がある。霊が細かい神経の末端に迄行き亘《わた》つて、泥で出来た肉体の内部を、軽く清くすると共に、官能の実覚から杳《はる》かに遠からしめた状態であつた。余は余の周囲に何事か起りつゝあるかを自覚した。（中略）発作前に起るドストイエフスキーの歓喜は、瞬刻のために十年もしくは終生の命を賭しても然るべき性質のものとか聞いてゐる。余のそれは左様に強烈のものではなかつた。寧ろ恍惚として幽《かす》かな趣を生活面の全部に軽く且つ深く印し去つたのみであつた。従つて余にはドストイエフスキーの受けた様な憂鬱性の反動が来なかつた。余は朝から屡此状態に入つた。午過ぎにもよく此蕩漾を味つた。さうして覚めたときは何時でも其楽しい記憶を抱いて幸福の記念とした位であつた。

ドストイエフスキーの享け得た境界は、生理上彼の病の将に至らんとする予言である。生を半ばに薄めた余の興致は、単に貧血の結果であつたらしい。

仰臥人如唖。黙然見大空。大空雲不動。終日杳相同。

ここに漱石が大吐血を契機に体験した、通常ではあり得なかった境地が描かれています。ドストエフスキーの体験が「今ここに」といういわば時間が止まり、宇宙との神秘的合体という、それによって人間の相対性を一挙に超えさせる体験だとすると、漱石のそれは心と大空の完全な一致という、東洋的なものであり、そこにはなんら観念や意識による抽象的なものの一切入らない、透明性がそのまま独特な感覚だとして感知されるものとして、やはり漱石にとっては超越的な、絶対的な感覚だったといえるでしょう。それはそれほど強烈ではないが、しかしなんら形而上的なものではなく、超越的とはいえ人間の生とのやはり連続性の上に成り立つものであったに違いありません。しかも「官能の実覚」からはるかに遠いものであったという。これはほとんど禅でいえば心身脱落の境地とでもいえるものではないかでしょうか。よしんばそれが貧血によるものであっても、漱石にとっては生涯に於いて初めて得た、真の心の静謐ではなかったでしょうか。ここに漱石は、ドストエフスキーの癲癇の体験との対比によって、他からの仮ものではない、自己のうちから現象したものとしての絶対を確認したのではないかと思うのです。

大事なことは、ひとたび絶対を体感したものは、おそらく絶対を手放すことはないということでしょう。よしんばそれが貧血のごとき病気によっておこされたものであっても、それは結局一つのきっかけであって、絶対はかれのこころのなかに絶対としてとどまることになるに違いありません。それは禅の悟りに似ています。『行人』のなかで香厳という禅僧の例がそうです。香厳は悟れず絶望しての帰り道、小石が竹に当たって音をたてる。それをきっかけに悟ったというのです。水が過冷却された場合、ほんのわずかな刺激が一挙に水を凍結させるようなものです。漱石の場合も同じです。心と自然との融合は漱石積年の切願だったのです。貧血はその実現のきっかけだったとはいえないでしょうか。

こうして修善寺大患を経て、漱石の以降の文学はこの体験で得た二つのものを小説というものによっていかに具体的に形象化してゆくことになるのです。

死と病者の光学によるその詩学の深化

漱石は大正四年「断片65」の最後のところでこう書いています。

○心機一転。外部の刺戟による。又内部の膠着力による。
○一度絶対の境地に達して、又相対に首を出したものは容易に心機一転が出来る。
○屢絶対の境地に達するものは屢心機一転する事を得
○自由に絶対の境地に入るものは自由に心機の一転を得
○ general case は人事上ほとんど応用きかず、人事は particular case ノミ。其 particular case ヲ知るものは本人のみ。

小説は此特殊な場合を一般的場合に引き直して見せるもの（ある解釈）。特殊故に刺激あり。一般故に首肯せらる。（みんなに訴へる事が出来る）

漱石の云っていることを平たく言えば、こういうことではないでしょうか。小説というものは、ある個人的な体験、それは本人にしかわからないものだが、それを小説のなかで具体的な体験として展開する、読者はそれを読み追体験することで、先の個人的体験なるものも共有される体験になりえる。つまり漱石はここで自分の体験した絶対を一般に知らしめるに小説によるという事を宣言したといっていいと思います。絶対などというものは抽象的に伝えることなどは困難でしょう。従って、小説という具体的な、いわば感覚的な形象の世界を構築することによって、読者をそこに引き込み、そこで読者に疑似的体験をさせることで、読者に感情移入させようとするものです。

ところで漱石において先の死の光学と病者の光学はどのように関わるかという事をもうしあげねばなりません。そのことによって、ドストエフスキーとの対比が完成するといえます。結論的に言うと、この二つは漱石においては、運命のアイロニーとその超脱という創作方法において統合されてゆくものです。

運命のアイロニーとはなにか。運命が人間を弄ぶ仕方の一つ、それも優れた人間に対してとくにその傲慢を罰するべく仕組まれた運命の陥穽といっていいでしょう。運命というのは人間を、否応なしに押し流してゆく、一種の不可抗的な力、不条理な力ですが、それが時に人間にたいして、非常にアイロニカルに、皮肉に働く、これが運命のアイロニーです。この世界文学上の表現がソフォクレスの『オエディプス王』ですが、誰もが解けないスフィンクスの謎をといた人間の中でもっとも英知にとんだオエディプスが、実は自分のことだけには盲目だったというように、運命に翻弄されて破滅してゆく悲劇ですが、しかし王は最後に自分の眼を自らくりぬいて、運命の残酷さを逆に告発することでそれを超えてゆくのです。さて漱石の修善寺の大患にもこのような構造を見ることが出来ます。

この場合運命のアイロニーは何処にあるか。それは漱石の知らぬ間に漱石が生から死、死から生へと三曲折したところに現れているものです。人間が知らぬ間に自分にとって最も重要な問題が処理されている。漱石はあとから聞いて戦慄したと云うのですが、自由と独立に生きる現代人にとってこれほどの嘲弄はないでしょう。漱石が戦慄を感じたと云うのも、現代人のもっとも尊重する自負を如何にも簡単に打ち砕き、しかも恩着せがましく生に蘇らせ、運命自らその畏怖的姿をまざまざ見せつける、その嘲弄のいかにもアイロニカルなところにあります。これはドストエフスキーの場合も全く同じです。しかし漱石も、またドストエフスキーもその嘲弄を跳ね返してゆくのです。漱石の場合は、自我の殆ど奇蹟的ともいっていい自然との融合合一をそこに見出してゆくのです。運命の嘲弄を畏怖的にとらえて、その前にひれ伏すのとは逆に、そこに健康な時には到達し得なかった、自然との自我の融合という絶対を見、そこに同化し身を委ねることでそれを笑い返すとさえいえるのです。これこそ自由と独立の精神の勝利というべきものなのです。

ドストエフスキーが不死の探求と、キリストへの愛を、魂の最も深いところで持続する、いわば創作上の欲と燃え盛る両輪のごときものとして潜めていたように、漱石もまた、人間の無意識を襲う運命の不条理性との闘争と、そこからの超克として真に魂の喜悦と安らぎに満ちた世界を求めていたといえます。それが後期の作品群となるのです。漱石はそこに西欧小説、ロシア小説に負けない日本独自の小説の創造を目指したのではないでしょうか。

『こころ』の深層構造

以上ここに、運命のアイロニーとその超脱という漱石の創作方法がでてまいります。大患以降の作品にはこのような創作方法が貫流している様に思われますが、その最も鮮やかな現れが『こころ』です。これは一般的に先生のエゴイズムの犯した『罪と罰』と読まれているのですが、それは私の見解ではより深層の構造のなかに組み込まれている一つのテーマにほかなりません。深層の構造とは深層に運命のアイロニーというものが仕掛けられているということですが、この小説は、いかにも若い男女の織りなす三角関係のように現象していながら、実はそれらの基層にあるのが運命のアイロニカルな嘲弄ともいうべきもので、それによって悲劇は起こるのですが、しかしこの小説はただ一方的に運命の前に絶望するのではなくて、最後にはそれへの反撃を用意し、超克をしかけているのです。その点において、この小説は修善寺大患の体験の上に立った創作方法に基づいて実に構造的につくられているものです。この点をより明らかにするために、ここで『こころ』について簡単に見て見たいと思います。

『こころ』（大正三年四月八日）は先生と呼ばれる主人公が友人Kを自分の下宿に誘い入れる所から悲劇の発端を作ることになります。下宿と云っても軍人の未亡人が娘と二人で、下宿人は先生ひとりでした。Kが生活に困窮しているのを見て、先生はKに同宿を提案するのですが、ただ費用を先生が負担することはKには内緒という事になっていました。その間の事情をこう述べています。

最後に私はKと一所に住んで、一所に向上の路を辿つて行きたいと発議しました。私は彼の剛情を折り曲げるために、彼の前に跪まずく事を敢てしたのです。さうして漸との事で彼を私の家に連れて来ました。（七十六）

私は溺れかゝつた人を抱いて、自分の熱を向ふに移してやる覚悟で、Kを引き取るのだと告げました。其積りであたゝかい面倒を見て遣つて呉れと、奥さんにも御嬢さんにも頼みました。私はここ迄来て漸々《やうく》奥さんを説き伏せたのです。然し私から何も聞かないKは、此顛末を丸で知らずにゐました。私も却つてそれを満足に思つて、のつそり引き移つて来たKを、知らん顔で迎へました。（七十七）

ここで先生はKにたいして隠れた運命の役割を演じているといえます。それはかなり意識的なものでした。「私は蔭へ廻つて、奥さんと御嬢さんに、成《な》るべくKと話をする様に頼みました。私は彼の是迄通つて来た無言生活が彼に祟つてゐるのだらうと信じたからです。」（七十九）じつはこれより前先生は隠れた運命によって翻弄された苦い経験がありました。その結果として先生の心のうちには人間不信の念が深く根差していました。その先生がいわば隠れた運命の役割を演じたのは、先生が人間としての自負に満ちていたからでしょう。しかしその自負が結局裏目に出ることになります。この引用に出て来る先生の態度は、事態の悲劇的推移からすると、じつに皮肉なものです。「跪まく」とか「自分の熱を向ふに移してやる」とかは結末からみれば運命の実現にむけての狡猾な誘いの手と現象してゆきます。人間的な行為に見えながら、隠れた運命の狡知を実践していることになります。勿論先生にそのような気持ちがあるはずはありません。先生はどこまでも善意のひとです。しかし運命はここにおいても先生の破滅を用意していたのです。

このようなアイロニカルな運命の進展はKの御嬢さんに対する恋の打ち明けでクライマクスに達するのですが、其処に仕掛けられた最後の一撃が先生の錯覚を利用したものでした。

Kに御嬢さんへの愛を打ち明けられた先生は、その愛の告白を逆手にとり、向上心のない物は愚か者といって非難するのですが、覚悟があるとKが先生に洩らしたその覚悟を、求愛の覚悟と取り違えて、Kには隠して奥さんにお嬢さんとの結婚を申し入れるのです。いまや先生は隠れた運命としてKを陰で操っているという事になります。しかしその先生の裏切り行為をKは自分のいたりなさから自殺するという遺書を残して自殺していきます。そのときの衝撃はおそるべきものでした。

其時私の受けた第一の感じは、Kから突然恋の自白を聞かされた時のそれと略同じでした。私の眼は彼の室の中を一目見るや否や、恰も硝子で作つた義眼のやうに、動く能力を失ひました。私は棒立に立竦みました。それが疾風の如く私を通過したあとで、私は又あゝ失策《しま》つたと思ひました。もう取り返しが付かないといふ黒い光が、私の未来を貫ぬいて、一瞬間に私の前に横はる全生涯を物凄く照らしました。さうして私はがた〳〵顫へ出したのです。（百二）

先生はKの愛の告白を聞いた時の感じを「私は彼の魔法棒のために一度に化石されたやうなもの」、「其時の私は恐ろしさの塊りと云ひませうか、又は苦しさの塊りと云ひませうか、何しろ一つの塊りでした」（九十）と語っています。先生はKの自殺の現場を目撃した時の衝撃も同じようだったといっているのです。しかしこの場合の衝撃は、愛の告白を受けた時の衝撃にはなかった、恐るべき予感を伴うものでした。それは生涯に持続する予感。一瞬の衝撃が生涯を決定してしまう。これはなんとも畏怖すべきものです。黒い光とは魔的な運命の嘲弄ともいうべきものであり、先生にたいする厳しい断罪に他ならなかったのです。この運命の突然の暗転もKの自殺、先生の知らない暗黒の中で行われたという点では、ここにも隠れた運命の支配があるといえましょう。Kを暖かく見守っていると云う自負が、魔的な運命によって先生を決定的に罪の意識の中に墜落させてしまったのです。先生の感じた衝撃とは一瞬のうちに、運命のアイロニーの嘲弄が鉄槌の如く自分に振り下ろされたのを感じ取ったからに他ならないでしょう。

ところでここでなぜ先生にはKの存在が魔的なものに感じられたのでしょうか。通常ならば友の死には深い哀惜の情があるものでしょう。しかし先生にはそういう形での悲しみの発動はないのです。魔物に祟られたかのような物凄い予感です。魔の杖に触れられて、石に化せられた驚愕です。しかしKを魔物の様に感じたのはこれが最初というのではありませんね。愛の告白を受けたときもそうだったと書かれています。とすればこの自殺の現場を見ての衝撃はいわばKの魔物性というものの完成と云うべきものではないかと思われてきます。そう思ってみて見ると、Kの魔物性ともいうべきものが暗示されている箇所を随所に見ることが出来るようです。

Kにはなにか欠けているものがありました。それは人間的な温かみであり、また他者への共感に裏打ちされた想像力であるといえるのではないでしょうか。先生はKについてこうのべているのです。

私に云はせると、彼の心臓の周囲は黒い漆で重《あつ》く塗り固められたのも同然でした。私の注ぎ懸けやうとする血潮は、一滴も其心臓の中へは入らないで、悉く弾き返されてしまふのです

（八十二）

ではなぜKとの間に真の人間的交流が生まれなかったのでしょうか。なぜ彼の心臓は先生のそそ

ぎかけようとする血潮をはじいてしまうのでしょうか。それはKの生い立ち、環境、さらに彼を養った時代精神、究極的には明治の精神にあるのではないでしょうか。

ここでKの過去をざっと見て見ると、彼は真宗の家に生まれ、医者のところに養子にいきますが、しかし哲学・宗教にひかれ、養家の期待とは裏腹に、大学では先生と同じ科に進むのです。やがてそれが知れて養家からは勘当される。復籍するが行くところもない。このような一途の路を突き進んだのも、まさに自由と独立と自我に満ちた現代の時代精神に養われた結果に他ならなかったといえます。極めて禁欲的に求道のみちを突き進む、それがKという男の信念でした。その信念がひとつの憑依にまで固定観念化してしまった結果、それは先生の人間的な愛情には無感覚の魔的存在になったといえるのです。先生はそのようなKに奥さん、お嬢さんにも蔭で話しかけてくれと頼みます。それがしだいに効を奏したかに見えたとき、先生は焦ります。Kと話しをしなければいけないと思いながらも、それが出来ない。そこにはやはり先生も自由と独立と自我に満ちた明治の精神の所有者だったからでしょう。こうしてみると、ここで運命とは結局この明治という時代を貫く時代精神にほかならなかったことが開示されてくるのです。精神に生きることは人間の誇りであり、自負ですが、それがいったん憑依となると、それは魔的なものに変貌するのです。先生はいわばこの魔的なるものに翻弄されたといってもいいのです。

やがて先生は恐ろしい影に襲われるようになります。

私の胸には其時分から時々恐ろしい影が閃めきました。初めはそれが偶然外から襲つて来るのです。私は驚ろきました。私はぞつとしました。然ししばらくしてゐる中に、私の心が其物凄い閃めきに応ずるやうになりました。しまひには外から来ないでも、自分の胸の底に生れた時から潜んでゐるもの丶如くに思はれ出して来たのです。

（百八）

先生は「人間の罪といふものを深く感じた」と記しています。「恐ろしい影」とはＫの影でしょうか。それは先生の良心に働きかけます。良心はそれに反応してゆき、やがては罪を自身の生まれながらに背負っているものでもあるかのように思い出すのです。「知らない路傍の人から鞭《むち》うたれたいと迄思つた事」もあり、さらに「自分で自分を鞭《むち》つ可きだ」、さらには自殺すべきという念に囚われるにいたります。時に外界の刺激に躍り上がり、何処かに出ようとすると、「恐ろしい力が何処から出て来て」心を締め付け動けないようにする、先生はそれを「牢屋」に閉じ込められていると感じるのですが、その不思議な力は先生のあらゆる活動をあらゆる方面でくいとめながら「死の道丈を自由に」開けておくというのです。『悪霊』の登場人物のひとりシガリョーフは「自由を求めて専制に至る」ということをいっていますが、この場合も「自由と独立と自我」を求めて「牢屋」に至ったという事になります。ここにおいてアイロニーは完成したといえるでしょう。

しかし先生はその生の終局において、運命のアイロニカルな嘲弄にたいして、反撃に出ます。オエディプス王が自分の眼をくりぬくという激しい行為によって運命を告発したように、先生は自分等を嘲弄した運命である明治の精神にたいして、殉死と云う形をもって反撃するのです。この明治の精神にたいする殉死と云う発想は乃木希典の明治天皇にたいする殉死に触発されたものですが、殉死は深い愛情を前提としているものでしょう。とすれば先生が明治の精神に深い愛情を抱いていたはずです。やはり「自由と独立と自我」というものをやはり先生は絶対として愛したのではないでしょうか。Ｋも勿論そのような絶対の使徒だった。それが既に述べたように魔的存在に変わった。その自殺は決定的に先生を孤独の牢屋に閉じ込めるに至った。ここまでは、明治の精神は憎悪すべきもの、呪うべき運命であったはずですが、しかし今それを殉死と云う形で愛情をもって悼むというのは、先生の側からのアイロニーによる反撃なのです。それは、修善寺の大患で運命の戦慄的通過を恐るべきものとして受け止めながら、しかしそこに至上の愉楽を見出して、運命の逆転を図ったと同じ構造が見られるのです。先生はＫの自殺によって自分の生を襲ってきたＫの影をのろわしいものとして捉えていたのが、一八〇度転換されるのです。さらに先生は自分の自殺は隠れて為されるといっています。運命の隠れた嘲弄のやり方を逆手に取り自分の妻のショックを受けることを避けるのです。この妻の純白をどこまでも守ろうとするところにも、運命に対する先生の反撃はあるのですが、此の反撃はまさにアイロニーそれ自体によって完成するのです。

このような小説の構造はなお一層の深化を見せながら、『明暗』に至ると云っていいでしょう。これらの小説はいかにも家庭小説的な限定されたスケールを持っていて、特にロシア小説の有する社会性に欠けるといえば言えるのですが、しかし漱石にとってはミクロの世界のなかに人間のこころの限りなき屈曲深淵を捉えることによって、西欧小説に対応する独自の世界を作ったといえるのです。その点で、これまで述べて来た大患を契機とする死の光学と病者の光学によるドストエフスキーとの対比は漱石にとってのきわめて自負に満ちたものだったといえます。

注

（1）漱石蔵書にこの書物を見出すことが出来ます。なおそこには傍線部分もあるそうです。其れは一九一〇年発行のものです。

（2）ユーゴーのこの書物は一八二九年に匿名で出された版をドストエフスキーは所蔵していました。ここで『死刑囚最後の日』二十九章を小潟昭夫訳で紹介しておきましょう。ドストエフスキーが上記フランス語の引用にこめた強烈な感激がそこから浮かび上がってくることと思います。「おお、私に恩赦を！　私に恩赦を！　おそらく私は恩赦を与えられるだろう。（中略）私は徒刑を望む。五年の徒刑、それだけにしていただきたい。あるいは二十年の徒刑、それでもいい！　あるいは鉄の烙印をつけられた終身刑に、ただ命あけは助けてくだされ！　一介の囚人なら、それはまだ歩くことができる、太陽だって見ることができるのだ。」（『ヴィクトル・ユーゴー文学館第九巻死刑囚最後の日・見聞録・言行録』潮出版、二〇〇一、四十九頁）なお『死刑囚最後の日』は一八二九年ユーゴーによって出版されたものです。それはある死刑囚が死刑の数時間前につづったという、いわば芸術的虚構のもとにユーゴーが死刑反対の主張を盛り込んだ激しいプロテストの作品でした。これはドストエフスキーの文学には生涯を通じて影響を与えたものといえます。

（3）夏目漱石とドストエフスキーとのかかわりに関しては森田草平『夏目漱石』『続夏目漱石』（甲鳥書林、昭和十七―十八年）の双方に扱われている。特に続の第七章「『煤煙事件』の前後」の「十先生のドストエーフスキ論」が詳しい。オースティンとの対比もそこにでてくる。

『草枕』と『夢十夜』
——漱石の実験——

石井和夫

一

漱石は『草枕』の作意を、読者の脳裏に美しい印象が刻まれ、人生の苦を忘れて、慰藉する俳句的小説と述べた。(1)その一方で、写生文の作者の心理を、泣くわが子を見る母親に譬えて、それは一見「不人情」に映るが、「傍から見て気の毒の念に堪えぬ裏に微笑を包む同情」があり、そこに「深刻なものでない」「滑稽の分子を含」むと分析した。(2)俳句の核に滑稽があるのだから、彼の主張は美と滑稽の二項対立を孕んでいる。こういうスタイルを選んだのは、『金色夜叉』や『不如帰』が標的だからだろう。それが甘いにつけ辛いにつけ涙を誘う、そういう深刻さを避けるのが狙いであり、そのために「非人情」の視点が必要だった。後年、東京朝日新聞入社第一作『虞美人草』は、『金色夜叉』に対抗して、「非人情」と正反対の「人情」を、藤尾の「我」を撃つ武器に定めた。(3)お家騒動の題材と装飾過多の文章にも、「読売」の紅葉を意識した痕跡を残している。その反動として晩年の漱石は『草枕』と『虞美人草』を好まなかった。[4]『坑夫』の題材と文体には『虞美人草』の毒気を抜く平衡感覚の働きが見え、『夢十夜』と『三四郎』は『虞美人草』から脱皮する経過を映している。村上春樹が『虞美人草』『坑夫』『三四郎』を引用して、『三四郎』に教養小説を指摘し、それと対照的な『坑夫』の「粗い」文体と、とりとめのない作柄への強い関心を示したのは、[5]漱石の文体が最も転変した時期を選んでいて、意味深長だ。

『草枕』と『夢十夜』は文体が大きく変わっているけれど、それぞれの作品の核に死があり、夢うつつを表現した連動性が認められる。美人の死を書いた次の場面はそれを示す例の一つだろう。

> うつくしき人が、うつくしき眠りに就いて、その眠りから、さめる暇もなく、幻覚の儘で、此世の呼吸を引き取るときに、枕元に病を護るわれ等の心は嘸つらいだらう。（中略）（A）死ぬべき条件が具はらぬ先に、（B）死ぬる事実のみが、有り〳〵と、確かめらるゝときに、南無阿弥陀仏と回向をする声が出る位なら、其声でおうい〳〵と、半ばあの世へ足を踏み込んだものを、無理にも呼び返したくなる。（中略）それでも、われ〳〵は呼び返したくなる。
>
> （『草枕』六）（傍線引用者。以下同じ。）

これと同じような女の死を書いた『夢十夜』「第一夜」の、「真白な頬の底に温かい血の色が程よく差して、唇の色は無論赤い。到底死にさうには見えない。」は、傍線部Aを再現したかのようで、「然し女は静かな声で、もう死にますと判然云つた。自分も確に是れは死ぬなと思つた。」は、傍線部Bを具体化したような表現になっていて、さらに波線部の「つらい」や「呼び返したくなる」などの未練を絶って、「非人情」化を進めている。『趣味の遺伝』に描かれた血腥い日露戦争を背景に据えた『草枕』の「非人情」は現実の狭間で束の間成立する。これとは異なり、夢はその制約を超え、「非人情」が一貫し得る世界だから、『夢十夜』はその実験の場にうってつけだろう。

次の「運慶の仁王」も『夢十夜』(「第六夜」)の題材になった。

昔から小説家は必ず主人公の容貌を極力描写することに相場が極つてる。(中略)端粛とは人間の活力の動かんとして、未だ動かざる姿と思ふ。動けばどう変化するか、風雲か雷霆か、見わけのつかぬ所に余韻が縹渺と存するから含蓄の趣を百世の後に伝ふるのであらう。(中略)此故に動と名のつくものは必ず卑しい。運慶の仁王も、北斎の漫画も全く此動の一字で失敗して居る。

(『草枕』三)

『草枕』の画工はこの「運慶の仁王」と共に、那美も「動か静か」の「二大範疇」の下に見る。引用文中の波線部「動と名のつくものは必ず卑しい。」という認識に沿って、以下の判断が下される。「一文字を結んで静である」「口」に比べて、「五分のすきさへ見出すべく動いて居る」「眼」や、

「豊かに落ち付きを見せてゐる」「下膨の瓜実顔」に「引き易へ」、「狭苦しくも、こせ付いて、所謂富士額の俗臭を帯びて居る」「額」は、その「動の一字」で「卑しい」。「ぴく／＼焦慮て居る」「眉」も同様だが、「軽薄に鋭どくもない、遅鈍に丸くもない」「鼻ばかり」は「画にしたら美しからう。」次にこの表情の不一致をそのまま内面の不統一へ移して読み取り、人を「軽侮」し「馬鹿にし」、「才に任せ、気を負へば百人の男子を物の数とも思はぬ」と見える裏に「人に縋りたい」、「慎み深い」、「温和しい情け」がある、と見る。最後に「不幸に圧しつけられながら、其不幸に打ち勝とうとしてゐる顔」の「不仕合な女」と結論する。

「第六夜」の運慶の仁王は、「太い眉」と「小鼻のおつ開いた怒り鼻」が、那美の焦れた眉や美しい鼻と対照的であるだけでなく、『草枕』では「失敗」と判定した「運慶の仁王」を、「第六夜」ではその「動の一字」によって肯定的に扱っている。『草枕』と『夢十夜』の間の、『二百十日』の、「手拭の運動につれて、圭さんの太い眉がくしやりと寄つて来る。鼻の穴が三角形に膨脹して、小鼻が勃として左右に展開する。口は腹を切る時の様に堅く喰締つた儘、両耳の方迄割けてくる。『丸で仁王の行水の様だ。』」（二）には、「第六夜」の「仁王」の形象に修辞的に近づく推移過程が見える。また『草枕』で那美を否定的に評した文の「才に任せ、気を負へば百人の男子を物の数とも思はぬ勢」も、『夢十夜』になると、それが仁王像に刻んだ時代の機運を象徴して、「運慶が今日迄生きて居る理由」（「第六夜」）になる。これに対して「明治の木には到底仁王は埋つてゐないものだと悟つた。」（「第六夜」）という一行には、明治は、鎌倉武士の時代精神を仁王に刻んだ運慶に匹敵する人物を未だ世に送り出していないという、同時代批判が込められている。その傍証として、「四十年ヲ維新ノ業ヲ大成シタル時日ト考ヘテ吾コソ功臣ナリ模範ナリ抔云ハヾ馬鹿ト自惚ト狂気トヲカネタル病人ナリ。四十年ノ今日迄ニ模範トナルベキ者ハ一人モナシ。(6)」という漱石の認識がある。

このように、『草枕』と『夢十夜』の間で運慶の仁王の評価が改まったのには、『草枕』の発表後、「単に美的な文字は昔の学者が冷評した如く閑文字に帰着する。」「死ぬか生きるか、命のやりとりをする様な維新の志士の如き烈しい精神で文学をやつて見たい。(7)」と告げた漱石の心理の反映がある。「西郷隆盛の様な顔」(三)の、「仁王」に譬えられ、「革命」を訴える「圭さん」は、ディケンズの『二都物語』のフランス革命について語り、幽閉されて日記を綴った医師に同情する(四)。『倫敦塔』と『文学論(8)』に、生きているのを実感するために書く、幽閉された囚人の心理の分析があり、この医師の日記への言及はそのモチーフの一環をなす。噴烟を上げる阿蘇山を背景に、「碌さん」を「革命」へ誘う「圭さん」のオルグ活動は、「内部の生命(9)」が滾るマグマを体現している。『二百十日』『坑夫』『門』に反覆する海老のように屈まり、穴に籠る主人公たちは、(10)村上春樹の井戸ごもりの主人公の先駆型だろう。ただし、注(10)、(11)でふれたように、村上は漱石の自閉性に対して、活路を開いている。

調和と統一を旨とする美の制約を破って、「動」を、維新を導いた幕末の志士の精神を求めたのは、それが明治四十年間に継承されなくなったからだ。たとえば、那美は美の対象であると共に「才に任せ、気を負へば百人の男子を物の数とも思はぬ勢」のある、すなわち死を恐れぬ女であり、『草枕』は美と共に実は一貫して死を書いている。彼女が画工の構想で、ミレーの「オフェリヤの死」のヒロインに転移する必然性がそこにある。それにしてもなぜミレーの「オフェリヤの死」かといえば、軽く口を開いて、歌いながら生から死へ向かう像に、感傷的な深刻さがないからだろう。

二

画工の脳裏にミレーの「オフェリヤの死」が浮かぶ前、茶店の婆さんとの会話の中にある、「こゝから那古井迄は一里足らずだつたね」、「宿屋はたつた一軒だつたね」、「久しい以前一寸行つた事がある」（二）などの言葉、あるいは宿へ着いた夜の、「昔し来た時とは丸で見当が違ふ。」（三）という一行は、彼がかつて逗留した事実を告げている。前回この村を訪れた後、ここで起った出来事を婆さんは次のように話す。「那古井の御嬢さん」が「御嫁入のとき」、「裾模様の振袖に、高島田で、馬に乗つて」「桜の下で嬢様の馬がとまつたとき、桜の花がほろ〳〵と落ちて、折角の島田に斑が出来」た。それを聞いた画工は「衣装も馬も桜もはつきりと目に映じたが、花嫁の顔だけはどうしても思ひつけなかつた」。「しばらくあの顔か、この顔か、と思案して居るうちに、ミレーのかいた、オフェリヤの面影が忽然と出て来て、高島田の下へすぽりとはまつた。」（二）この連想の仕方が何とも理解しにくい。なぜなら、これより前の、茶店の婆さんと甥の馬子の会話に、婆さんの孫娘、「御秋さんは善い所へ片付いて仕合せ」なこと、それに引き替え、「あんな器量を持つて」いるのに、「那古井の御嬢さま」は「気の毒」で、「近頃」の「具合」も「相変らず」で「困る」（二）とあるけれど、これだけでは、ミレーの「オフェリヤの面影」が浮かぶ必然性がないからだ。「是は駄目だと、折角の図面を早速取り崩す。衣装も髪も馬も桜も一瞬間に心の道具立から奇麗に立ち退いた」（二）にもかかわらず、このヴィジョンへの拘りは、「が、オフェリヤの合掌して水の上を流れて行く姿丈は、朦朧と胸の底に残つて、棕梠箒で烟を払ふ様に、さつぱりしなかつた。空に尾を曳く彗星の何となく妙な気になる。」（二）と、忽ち復活する。婆さんが、那美の先祖の「長良の乙女」が、「二人の男」に「懸想」されて、「淵川へ身を投げ」た（二）因縁を語るのは、画工が「ミレーのオフェリヤ」を思い浮べた後のことだ。普通の小説ならば、水死した「長良の乙女」の話から「ミレーのオフェリヤ」を連想させるだろう。漱石はこの順序を逆にし、前後の脈絡を分断した。これは後に那美に語る画工の小説観——小説で肝心なのは筋よりも場面——を先取りしている。

次の章の画工の「夢」に、「長良の乙女が振袖を着て、青馬に乗つて、峠を越すと、いきなり、さゝだ男とさゝべ男が飛び出して両方から引つ張る。女が急にオフェリヤになつて、柳の枝へ上つて、河の中を流れながら、うつくしい声で歌をうたふ。」（三）とあり、これに続いて、彼の夢うつつの記憶がこう語られる。

> 長良の乙女の歌を、繰り返し繰り返す様に思はれる。（中略）次第々々に細く遠退いて行く。突然已むものには、突然の感はあるが、憐れはうすい。（中略）是と云ふ句切りもなく自然に細りて、いつの間にか消えるべき現象には、われも亦秒を縮め、分を割いて、心細さの細さが

細る。死なんとしては、死なんとする病夫の如く、消えんとしては、消えんとする燈火の如く、今已むか、已むかとのみ心を乱す此歌の奥には、天下の春の恨みを悉く萃めたる調べがある。

（三）

この傍線部は、先の引用文中、オフェリヤの記憶を形容した「空に尾を曳く彗星」と同じ性質をもつ。それは「動けばどう変化するか」、「見わけのつかぬ所に余韻が縹渺と存する」「含蓄の趣」に連鎖する比喩表現で、波線部の「突然已むものには、突然の感はあるが、憐れはうすい。」とは正反対に「朦朧と胸の底に残」る。これは結末まで繰り返される情趣であり、それが実は画工の体験に即して、次のようにも書かれている。

画工は宿に到着した時、小女に室内を「ぐる〳〵廻らされ」「湯壺」へ案内されて、「カンワスの中を往来して居る様な気がした。」（三）その後、「床を延べ」て小女が退室した後、「其足音が、例の曲りくねつた廊下を、次第に下の方へ遠かつた時に、あとがひつそりとして、人の気がしないのが気になつた。」（同前）

画工はこれを昔の房総旅行の記憶と重ねて、さらに戸外の殺風景を次のように評する。「荒れ果てた、広い間を幾つも通り越して一番奥の、中二階へ案内」され、「三段登つて廊下から部屋へ入らうとすると、板庇の下に傾き掛けてゐた一叢の修竹が、そよりと夕風を受けて、余の肩から頭を撫でたので、既にひやりとした。椽板は既に朽ち掛かつてゐる。」「其晩は例の竹が、枕元で婆娑ついて寐られない。障子を開けたら、庭は一面の草原で」、「まともに大きな草山に続いてゐる。草山の向うは直大海原でどどんどどんと大きな濤が人の世を威嚇しに来る。余はとうとう夜の明ける迄一睡もせずに、怪し気な蚊帳の内に辛防しながら、まるで草双紙にでもありさうな事だと考へた。」（二）

「ひやりとした」は、怪談めいた恐怖を誘発する表現だが、「怖いものも只怖いもの其儘の姿と見れば詩になる。凄い事も、己れを離れて、只単独に凄いのだと思へば画になる。」「己の感じ、其物を、己が前に据ゑ付けて、其感じから一歩退いて有体に落付いて、他人らしく此を検査する余地さへ作ればいいのである。」（三）という文は通常の怪談から離れている。しかも、これは後の章の「我が感じたる物象を、我が感じたる儘の趣を添へて、画布の上に淋漓と生動させる。」「有る物は只心持ちである。此心持を、どうあらはしたら画になるだらう――否此心持を如何なる具体を籍りて、人の合点する様に髣髴せしめ得るかが問題である。」（六）という文脈にある「己の感じ、其物」に連動する。怪談もどきの趣向は、おそらく曰く言い難い「感じ」を焦点化する技法なのだろう。

画工は人が自分から遠ざかり「人の気がしない」情況が催す「己の感じ、其物」にこだわる。漱石はなぜここにこのようなこだわりを書いたのか。「カンヴスの中」の画工という見立てでは、結末で画工の胸中に完成する画中の那美と照応する。この場面で画工が味わう「心持ち」は、今まさに先夫に去られようとする那美の表情の奥に潜む感情を先取りしている。画工は那美に先行して、「憐れ」の実相を、彼自身の心的体験として語る。この伏線の照応は、二人が互いに、生の苦を離れ死によって楽を得る秘かな願望を共有することを示唆する。それから翻っていえば、ミレーの「オフェリヤの死」の「唐突」な引用はこれを導くものだったのだろう。

親の縁談を拒めず、意中の男と別れた那美は、結婚した夫の勤める銀行が破綻したため離婚して実家に戻り、最後に先夫と再び別れる。この間、好奇の眼に曝され、兎角の噂を流され、その世間を厭い観海寺を訪れた。大徹和尚が周囲から奇人視される那美に一目置くのは、死の覚悟が見えるからだろう。那美が、従軍する久一に「死んでおいで」と平然と言えるのは、「不人情」ではなく、それが他人事ではないからだ。ミレーの「オフェリヤの死」に呪縛された画工と那美は死に関して、似た者同士が遭遇したのであり、顔を合せる前から互いに気脈を通じたふしがあるのはそのためで、だからこそ那美は彼の望みに応えて奇矯な演技さえして見せる。これらは二人が世間の常識と調子の違う同士であると気づいたことを意味する。

そもそも『草枕』の結末の「憐れ」は誰の、誰に対する感情か。普通に考えれば那美の、死地に向かう先夫に向けたものだろう。漱石は画工が那美の顔に「憐れ」を観取した瞬間を、こう書いている。

茶色のはげた中折帽の下から、髯だらけな野武士が名残り惜気に首を出した。そのとき、那美さんと野武士は思はず顔を見合せた。鉄車はごとり〳〵と運転する。野武士の顔はすぐ消えた。那美さんは茫然として、行く汽車を見送る。其茫然のうちには不思議にも今迄かつて見た事のない「憐れ」が一面に浮いてゐる。

これにつづく、「それだ！　それだ！」それが出れば画になりますよ」という傍線部の強調符は感情的な反応を指す表記であり、一見「非人情」を逸脱したかのように映る。しかし、その矛盾を敢て強調符で明記するだろうか。「今迄かつて見た事のない」のは「憐れ」だけでなく、これに先立つ「茫然として」も同様だろう。小野と宗近に結婚を拒まれた藤尾の描写に、「呆然として立つた藤尾の顔は急に筋肉が働かなくなつた。」（『虞美人草』十八）とあるように、この言葉は「我」の消失を意味する。那美には、太宰の『思ひ出』の「私」が「全くぼんやりしてゐる経験など、それまでの私にはなかつた(12)」ように、「茫然として」という経験がなかったろう。画工はその「茫然」を彼女の顔に読み取った瞬間、職業上の直観が働いて、「非人情」の視点に移る。そして、その視点から「其茫然のうちに」「今迄かつて見た事のない『憐れ』が一面に浮いてゐる」のを目撃する。その直観が働くために「あれだ！」が必要なわけで、あの那古井の宿で、案内役の女に去られ、取り残された画工が味わった感情はこのために用意された伏線だろう。だから、「それだ！　それだ！　それが出れば画になりますよ」は、那美より、画工自身に向けた語感がある。結末の「憐れ」は先夫に向けた那美の感情に、彼女に対する画工の思いを重ねている。『虞美人草』では、「茫然とし」た後の藤尾の死に、「天女の如」き「美」（十九）を付与することで、彼女を憐れの対象にした。このモチーフは『夢十夜』に受け継がれる。

三

『夢十夜』には「第一夜」「第三夜」「第四夜」「第七夜」「第九夜」に置き去りのモチーフがある。「第一夜」――女に死なれた男は百年後の再会を期して待つ。男が百合の花に化身した女と再会すると読むには、ギリシャ神話以来、植物への変身が、必ずしも夢の実現ではなく、危機に瀕した心理を凝縮した形象なのが気になる。「第一夜」の「待つてゐられますか」という女の念押しは、疑いを含んで男を呪縛する。彼女は、「第十夜」で正太郎に崖下への落下を誘う女の異相だろう。女の死ではじまる「第一夜」と、男の死の予告で終わる「第十夜」は構造的に対になる。百合は、男が「欺されたのではなからうか」と疑った瞬間、前後を因果で結ぶ接続詞「すると」を挟んで現れる。信を破れば夢は崩壊するのが民話・怪談の鉄則だろう。

「第五夜」は女が崖下へ落ち、「第十夜」は男が崖下へ誘われ、男女の位置を入れ替えて、対比的に書いている。「第五夜」の「天探女」は、〈女は来ないのではないか〉という男の猜疑心であり、それが「第一夜」の「欺されたのではなからうか」と対になり、その疑いが女を崖下へ転落させる。こうして「第五夜」を支点に、「第一夜」と「第十夜」がヤジロベーの両極になる。「第五夜」の原型はシラーの『ブュルグシャフト』（人質）であり[13]、同じくシラーのこの作品から「信実」と「疑ひ」の主題を発想した『走れメロス』は、漱石の後塵を拝している。

ヘラクレスの誕生にまつわるギリシャ神話に、ゼウスの妻ヘラがヘラクレスに授乳する時、迸った乳が天に昇って天の川になり、地に滴って百合になったというのがある。この天の川と百合の分化は「第一夜」の星と百合の分離に相当するだろう。「第一夜」の男は花に滴る露に促され、空の星に気づく。星は女の魂の化身である。臨終で女の「睫の間から」「頬へ」「垂れた」「涙」が露と化し、それに導かれて男は女の魂の在処の星に辿りつく。男は十全な形で女と再会していない。百合は肉、星は霊、肉と霊は分離し、男は魂の抜け殻に会ったに過ぎない。後に漱石はお直のスピリット（魂）を掴めない一郎の苦悩として、リアルにこれを再現する。[14]「第一夜」の結末は男の行為が徒労に帰すことを物語る。待つ間の長さを書いた感があるのはその証で、十全に会えない結末は、女と死別した男の、置き去りにされた印象を深める。

「第三夜」は父が背負った子を捨てようとする。つまり子が置き去りにされようとする話だ。「第四夜」は爺さんが手拭を蛇にすると言う。子供の「自分」はその言葉を信じて待ち、河の畔に置き去りにされる。この「第四夜」は〈どこから来てどこへ行くのか〉という『方丈記』ゆかりの問いを主題にして、「第七夜」と対になり、同じ命題が河と海に、一方は民話風に、他方は文明批評風に書き分けられる。『方丈記』は大学院時代の漱石が指導教授のディクソンに頼まれて英訳して以来、脳裡に刻まれた古典だ。[15]「第七夜」の「自分」は船客とのコミュニケーションが断絶し、一人ぼっちで寂しくなって海に身を投げて後悔する。船は彼を置き去りにして遠ざかる。「第九夜」の母は夫が無事に帰ることを願ってお百度を踏む。その間、赤ん坊の「自分」は置き去りにされて、暗闇を這い回る。この話は「第二夜」と対になり、いずれも侍が死ぬ。「第二夜」の侍の「自分」は悟ることが適わず自決すべく、座布団の下の短刀に手を伸ばす。「第九夜」の侍は浪士に殺される。自決と他殺。座禅の自力本願と、お百度参りの他力本願。

これらの対の構造は、指を折って数える習慣から発想したのではないか。数を数える行為と睡眠に生理的な因果関係があるからだ。一から五まで親指から小指まで折って、六で小指を起こして、十の親指まで戻る。親指は一と十、人差指は二と九、中指は三と八、薬指は四と七、小指は五と六が重なる。そして、「第一夜」「第五夜」「第六夜」「第十夜」はそれぞれ上下の構造を持ち、「第一夜」と「第五夜」が前半の、「第六夜」と「第十夜」は後半の枠組になる。だから「第五夜」で女が崖から落とされ、「第十夜」で女が男を崖から落とそうとする構造も偶然ではない。

かつて『夢十夜』、『尾生の信』、『待つ』、『海と夕焼け』に〈待つ〉モチーフが共通し、作者の漱石、芥川、太宰、三島が、幼時期に母親とのスキンシップがないことも共通し、その間に因果関係があるのではないかと書いたことがある。胎児は母胎内で心音を聞いて育ち、出生後、母に抱かれて、その心音を聞くことで安心感が保たれる。スキンシップの欠如は、乳児に不安を与える。母の心音は乳児にとって無意識に〈待つ〉ものだろう。『草枕』と『夢十夜』の間に見られる〈置き去り〉感は、特に後者の「第一夜」「第四夜」の場合、〈待つ〉ことと一致する。期待が適うのを待つわけで、それが適わないことで徒労感が募り、その結果、待ち続けた空しい時間の堆積が置き去り感へ転じていく。「第四夜」の爺さんが神さんから「家は何処かね」と問われて、「臍の奥だよ」と答え、

「深くなる、夜になる、真直になる」と唄いながら河へ入る展開は、『二百十日』の「圭さん」と『門』の宗助が「海老の様」に身体を丸める動作に相乗させると、母体内の胎児を想像させる。

漱石は成人後に人から聞いた話として、「古道具の売買を渡世にしてゐた貧しい夫婦もの」の「里に遣」られたことを回想している。

私は其道具屋の我楽多と一所に、小さい笊の中に入れられて、毎晩四谷の大通りの夜店に曝されてゐたのである。それを或晩私の姉が何かの序に其所を通り掛つた時見付けて、可哀想とでも思つたのだらう。懐に入れて宅へ連れて来たが、私は其夜どうしても寐付かずに、とう〳〵一晩中泣き続けに泣いたとかいふので、姉は大いに父から叱られたさうである。

（『硝子戸の中』二十九）

ここで語られたのは生後間もない頃で、それと別に「私を生んだ時、母はこんな年歯をして懐妊するのは面目ないと云つたとかいふ話が、今でも折々は繰り返されてゐる。単に其為ばかりでもあるまいが、私の両親は私が生れ落ちると間もなく、私を里に遣つてしまつた。」「私は普通の末ツ子のやうに決して両親から可愛がられなかつた。」（『硝子戸の中』二十九）と書いている。「母の記念の為に」費やされた「三十七」「三十八」の二章がもっぱら有意識下に母を懐かしむ語調なのに比べて、引用文は漱石の無意識の領域で、それが成長後の「両親から可愛がられなかつた。」につづくところが問題だろう。『草枕』と『夢十夜』には置き去りにされた局面の、曰くいい難い心裡が書かれている。『夢十夜』の場合、特に「第三夜」と「第九夜」は父・母と子供の関係を焦点に定めている。『草枕』は一見、これらと別種の感があるけれど、怪談風に仕上げているのは「第三夜」と通底する。『草枕』と『夢十夜』は深層に潜む置き去りにされる恐怖を書いたように読まれる。その曰くいい難い生理的感触は夢うつつのヴェールに包むのが有効な方法だったのだろう。最後に死の問題が残る。漱石の生涯にわたる精神の浮き沈みは、この死の感覚と隣り合わせのトラウマを想像させる。彼が芥川や太宰や三島と異なり、それなりに天寿を全うしたのは、この問題の意識の仕方が違っていたからではないか。その創作活動が一種の対症療法の役割を果たしたような気がする。

注

（1）「余が『草枕』」（「文章世界」明治39・11）
（2）「写生文」（「読売新聞」明治40・1・20）
（3）『文学論』（明治40・5　大倉書店）の第二編第三章「fに伴ふ幻惑」に、「道徳は一種の感情」で、「非人情と名くべきもの」は「道徳抜きの文学」と規定している。『虞美人草』の「人情」は「道徳」になる。
（4）江口渙「漱石山房夜話」（『わが文学半世紀』〈昭和28・7　青木文庫〉所収）
（5）『海辺のカフカ』第13章（平成14・9　新潮社）

（6）明治三九年断片35Ｂ（『漱石全集』第十九巻〈平成7・1　岩波書店〉）

（7）鈴木三重吉宛て漱石書簡（明治39・10・26）『野分』の白井道也は講演後半で「四十年前の志士は生死の間に出入して維新の大業を成就した。」と「勤王の志士以上の覚悟」（十一）を訴える。

（8）『文学論』（前出）第二編第四章「悲劇に対する場合」

（9）『鶉籠』自序（明治40・1　春陽堂）

（10）「只竹藪のなかで敲く鉦の音丈を聞いては、夜具の裏で海老の様になるのさ」（『二百十日』一）「夫はどう云ふ了見か両膝を曲げて海老の様に窮屈になつてゐる。」（『門』一）「其所に崖を横に掘つた大きな穴を見出した。宗助は少時其前に立つて、暗い奥の方を眺めてゐた。」（『門』十八）「崖の下に掘つた横穴の中へ這入つて、凝つと動かずにゐた。」（同十九）『門』の「横穴」は、「門の下に立ち竦む（二十一）参禅体験の失敗と、結末の「又ぢき冬になる」（二十二）という認識を補完する自閉性が強い。

（11）『ねじまき鳥クロニクル』全3部全72項のうち、登場人物が井戸へ潜るのは「目を開けたとき、僕は壁のこちら側にいた。――深い井戸の底に。」（『ねじまき鳥クロニクル』第2部8　平成6・4　新潮社）ほか、全11項、これと別に井戸に言及があるのは全9項。ただし、第2部はほとんど全巻に及ぶ。間宮中尉が井戸の中の出来事について、四十年後の今も意味が正確に把握できない（第2部4）という述懐は、『海辺のカフカ』第13章で、「僕」が、『坑夫』は「『なにを言いたいのかわからない』という部分が不思議に心に残る」という読後感と通有性がある。岡田トオルは井戸の底に、暴漢から奪ったバットを持込み、これをツールに綿谷ノボルを倒して、クミコを奪還する。閉所に活路が開かれるところに漱石との相違がある。このバットのイマジネーションの光源に、作家を発意させた神宮球場のヤクルト・ヒルトンの一打があるような気がする。インタヴューでルイス・ビールがこれを「禅的な体験」と呼ぶ点に、『門』との通路が感じられる。

（12）このくだりに、「うしろで誰か見てゐるやうな気がして、私はいつでも何かの態度をつくつてゐたのである。私のいちいちのこまかい仕草にも、彼は当惑して掌を眺めた、彼は耳の裏を掻きながら呟いた、などと傍から説明句をつけてゐた」（『思ひ出』二章）とあり、「あの女を役者にしたら、立派な女形が出来る。普通の役者は、舞台へ出ると、よそ行きの芸をする。あの女は家のなかで、常住芝居をして居る。しかも芝居をして居るとは気がつかん。自然天然に芝居をして居る。」（『草枕』十二）と対照すると、「私」は自覚した、那美は無意識の演技者である。

（13）「『シラー』の『ブュルグシャフト』は上田秋成の菊花の契と事実こそ異なれ精神に至ては悉く符合せるが善き例なり。」（『不言之言』〈「ほと、ぎす」明治31・11〉）

（14）『行人』の一郎は「女の霊といふか、魂といふか、所謂スピリットを攫まなければ満足が出来ない。」というメレディスの書簡を引用して、「おれが魂も所謂スピリットも攫まない女と結婚してゐる事丈は慥だ」（「兄」二十）と「苦悶」（同二十一）する。

（15）A Translation of Hojio-ki with a Short Essay on It（明治24・12・8）

望月俊孝

漱石文芸の哲学的基礎

――則天去私の文学の道へ――

一、漱石文学のリアリズム

胃潰瘍による数ヵ月の中断後に書き継いだ『行人』「塵労」篇は中盤の二十八節半ばから五十二節の小説末尾まで、語り手にして視点人物たる二郎を背景に退かせてHさんの長い手紙を引用する。大正二年夏の旅先の臨床報告は、二郎も家人も読者も与り知らぬ、明治の知識人長野一郎の劇烈な煩悶を描き出す。

兄さんの苦しむのは、兄さんが何《なに》を何《ど》うしても、それが目的《エンド》にならない許《ばか》りでなく、方便《ミインズ》にもならないと思ふからです。たゞ不安なのです。従つて凝《じ》つとしてゐられないのです。兄さんは落ち付いて寐てゐられないから起きると云ひます。起きると、たゞ起きてゐられないから歩くと云ひます。歩くとたゞ歩いてゐられないから走《かけ》ると云ひます。既に走《か》け出した以上、何処《どこ》迄《まで》行つても止まれないと云ひます。止まれない許《ばかり》なら好《い》いが刻一刻と速力を増して行かなければならないと云ひます。其極端を想像すると恐ろしいと云ひます。冷汗が出るやうに恐ろしいと云ひます。怖くて〱堪《たま》らないと云ひます。

（岩波新版『漱石全集』八巻、三九四頁。以下、漱石から引く際は当該全集の巻、頁を記す。）

「と云ひます」と反復し切迫昂進する短文連打が、「皮相上滑り」の「外発的な開化」（十六巻、四三七頁）という、近代日本の病理を抉る圧倒的な叙述である。対話する眼前の実存は「絶望の谷に赴く人の様」な形相で、「死ぬか、気が違ふか、夫《それ》でなければ宗教に入《い》るか。僕の前途には此《この》三つしかない」（八巻、四一二頁）と激白する。

漱石中期三部作は、禅寺の「門《もん》の下《した》に立《た》ち竦《すく》んで、日《ひ》の暮《く》れるのを待つべき不幸な人」（六巻、五九九頁）の行く末を案じて閉じていた。修善寺大患をへた後期我執三部作は、Kと先生がみずから「死ぬ」道を選んで終わることとなる。そういう生身の人間《たびびと》の危うさを暗澹と抱懐し、『行人』は近代的自我の「運命」たる神経衰弱を、漱石一個の経験にもかさねて主題化する。はたしてこの人生は「絶望の谷」の奥底深く、狂気の奈落にはまるのか。

「過去《くわこ》十日間《かん》の兄《にい》さんを忠実《ちうじつ》に書《か》いた」Hさんはいま、友が隣室で「ぐう〱寐《ね》てゐる」気配に安堵して、「兄《にい》さんが此《この》眠から永久覚めなかつたら嘸《さぞ》幸福だらうといふ気が何処《どこ》かでします。同時にもし此眠から永久《えいきう》覚《さ》めなかつたら嘸《さぞ》悲しいだらうといふ気も何処かでします」（八巻、四四八頁）と曖昧に表白する。二郎宛ての「重い封書」（同、三八五頁）はこの一文で終え、小説もここに完結した以上、一郎一個の帰趨は現実世界に生きるすべての人の行方と同じく、だれにも分からない。とはいえ「所詮《しよせん》我々は自分で夢《ゆめ》の間《ま》に製造した爆裂弾を、思ひ〳〵に抱《いだ》きながら、一人《ひとり》残らず、死といふ遠い所へ、談笑しつゝ歩《ある》いて行くのではなからうか。唯《たゞ》どんなものを抱《だ》いてゐるのか、他《ひと》も知らず自分も知らないので、仕合《しあは》せなんだらう」（十二巻、五九二頁、『硝子戸の中』第三十節）。かかる生死《しようじ》の思索の「真面目」な「継続《けいぞく》」ゆえに、漱石文学はつねにわれわれの心を打つのである。たとえば漱石の一周忌を目前にして、萩原朔太郎（当時三十二歳）も書いている。

　夏目さんの『行人』の深酷さは、ほんとの深酷です、我々の心に實感から響いてくる近代生活の恐ろしさです……あの『行人』の中にある「鹿勞《ママ》」の長い手紙が語るものこそ、實にあなたや私を始め近代における日本人の青年の苦腦《ママ》を語り盡したものではないでせうか、／「かうしては居られない、何かしなければならない、併し何をしてよいか分らない」／これです、この聲が我々にとつていちばん恐ろしい聲なのです。[1]

漱石文学の力、とりわけその小説《フィクション》のリアリズムの魅力を語るなら、同時代の若い詩人が直ちに感応し、グローバル化を喧伝する百年後の今にも痛切に響く、人間存在の現実直視の詩学《ポエティクス》のことを、なによりもまずは取り上げたい。文学史の教科書に言う「写実主義」「自然主義」「社会派」等のさかしらな分類学を離れ、素朴かつ率直にそう思う。

じじつ『道草』（大正四年六月三日から九月十四日まで連載、五月下旬起稿九月上旬脱稿）のリアリズムの骨法も、これをたんに自伝的回想小説として「私小説」系で評価するありがちな解釈では、容易に摑めないにちがいない。同書執筆中と思しき大正四年夏頃の手帳断片に言う。

○general case は人事上殆ど応用きかず。人事は particular case ノミ。其 particular case ヲ知るものは本人のみ。／小説は此特殊な場合を一般的場合に引き直して見せるもの（ある解釈）。特殊故に刺戟あり、一般故に首肯せらる。（みんなに訴へる事が出来る）（二十巻、四八四頁）

「本人のみ」が知る個人的な特殊事情《パティキュラー・ケース》を、内実を保持して一般化する。「刺戟」のある私的な事柄に「ある解釈」をくわえ、「みんなに訴へる事が出来る」表現に彫琢する。個別具体の実質を捨象して客観的にとりすます科学の抽象真理ではなく、人間の真実に迫る文学の言葉を追求する。先立つ明治四十三年夏、『門』脱稿直後の手帳にも「○創作の depth は其内容のまとまりにあり。人生ヲ道破セル一句にまとまるにあり」、「○一句にまとまるといふ事は particular case ガ general case ニ reduce サレルト云フ意味なり」（二十巻、一八二頁）とある。漱石の文学人生を貫く方法論的探究課題。「本人」と「みんな」、「特殊」と「一般」、自分と社会という一連の類比《アナロジー》の余香を、最晩年の「則天去私」に嗅ぎ取りながら、漱石文学の力の秘密を探りたい。

二、則天去私の文学論

そういう正攻法の企図の前には、しかし江藤淳『夏目漱石』以来、大きな躊躇が立ちはだかる。あの無惨な敗戦から十年後、漱石没後四十年目に、若い批評家は言い放つ。[2]

漱石に関する神話は多いが、その最も代表的なものは「則天去私」神話である。……小宮氏によれば——そして氏に追従する所の人々に従えば、——修善寺の大患以後、漱石の心境に一大転換が行われ、それが「眼耳双忘身亦失。空中独唱白雲吟」というような静寂な境地に発展したことになっているが、神話はおおむねこのようにして書かれる。（江藤、一四—六頁）

その手の「漱石神話」には今後も警戒を怠るまい。[3] しかし用心が過ぎて「則天去私」や漢詩をいつまでも敬遠していては元も子もないだろう。漱石没後百年目。いまやその文学論上の含意を徹底探査すべき時機である。

そもそも「則天去私」は漱石が「文章座右銘」を求められ揮毫したもので、日本文章学院編『大正六年　文章日記』（大正五年十一月二十日、新潮社）の筆頭に掲げられた。ゆえに木曜会でも何度か話題になったのだろう。しかし十一月二十二日、漱石はにわかに死の床に就き、十二月九日の宵に帰らぬ人となる。奇しくもこの文章指南の市販日記帳は、漱石詩学の遺言で年を明けたのだ。その「十二名家文章坐右録」解説には、次の明快な語釈もある。

天に則《のつと》り私《わたくし》を去ると訓《よ》む。天は自然である。自然に従うて、私《わたくし》、即ち小主観小技巧《せうしゆかんせうぎこう》を去れといふ意で、文章はあくまで自然《しぜん》なれ、天真流露《てんしんりうろ》なれ、といふ意である。（二十六巻、五三七頁）

「則天去私」は「天真流露《てんしんりうろ》」の天然イメージに寄せ、『明暗』執筆時の無私・無心・無作為の自然体を言う。漱石はしかも「近いうちにかういう態度でもつて、新しい本当の文学論を大学あたりで講じてみたい(4)」と意気込むほどに、なにか大事なものを摑みとっていた。この真摯な研究姿勢そのものに神話化の気配などは微塵もない。

文学とは何か。文明とは何か。人間とは何か。大学で英文学を専攻し、これに「何となく」「欺かれたるが如き不安の念」（十四巻、八頁）を覚え、松山、熊本、ロンドンに渡り、「世界を如何《いか》に観るべきやと云ふ論より始め、夫《それ》より人生を如何に解釈すべきやの問題に移り、夫より人生の意義目的及び其《その》活力の変化を論じ、次に開化の如何なる者なるやを論じ、開化を構造する諸原素を解剖し、其《その》聯合して発展する方向よりして文芸の開化に及《およぼ》す影響及び其何物なるかを論ず」（二十二巻、二五四頁、読点ルビ引用者）。この気宇壮大な詩学の猛勉強を経て、帰国後は帝大で「文学論」や「十八世紀英文学評論」を講義し、職業作家転身後最初の大仕事は『文芸の哲学的基礎』である。

「則天去私」はそれから十年の実作経験をふまえ、新たに到達した詩学の神髄を告げている。この息の長い制作論的探究と、尖鋭辛辣なる文明批評精神ゆえに、「漱石の書いていたもの」はまぎれもなく「文学」であり、「その文学の中には、稀に見る鋭さで把えられた日本の現実がある」（江藤、二一頁）。貧困不毛な近代日本文学史上、たまさか幸運にも漱石という「文学」が成立する。江藤の批評はこの「稀有な事件」に夙にふれながら（江藤、二一頁、さらに三二―四、四六―七、五四―六、七三―九頁参照）、しかし漱石山房直系が喧伝した「神話」崩しにばかり忙しく、文学論上肝腎のところで「要するに、『則天去私』とは、作品にあらわれた形ではオーステン及びゴールドスミス風の視点ということにすぎない」（江藤、一八頁、さらに八五―九、一〇〇―一頁）と淡泊に見切りをつけてしまう。

江藤はしかも『それから』『道草』『明暗』等の「長篇」と、「『硝子戸《ガラスど》の中《うち》』などの小品の世界」を、白と黒、西と東、俗塵と脱俗、生と死のごとくに対置し「切断」して、「二つの全く次元を異にする世界」「全く別種の態度」を仮構する（江藤、一九頁、さらに一一九、一二五―六、一三〇頁参照）。そして「則天去私」を後者の筋の「東洋趣味」「文人趣味」（江藤、三八、九七、一九〇、一九四頁）と鑑定して、これは「幼少の頃から漱石の心が求めつづけたかくれ家の象徴」で、「生活からの遁走を試みようとする彼の心の深層」に「作家の生涯を通じて」「中断されることなく」響きつづける「現実逃避」の「低音部」（江藤、一九―二〇頁）だと診断、「『則天去私』とは、いわば、人生に傷つき果てた生活者の、自らの憧れる世界への逃避の欲求をこめた、吐息のような言葉でもあった」（江藤、一〇二頁）のだと不当に貶めて、その「精神」の奥底に蠢く「自然」の「静寂」な「無」への「自己抹殺」「自己否定」「自己解消」のモチーフを執拗に追跡指弾する（江藤、一一七―九、一二三、一二八、一三二、一四二―七、一五六―八、一七六頁）。

こうして彼の作家論は「則天去私」を個人心象に切り詰める。ゆえにその評伝もまた、個別特殊を一般普遍に「還元 reduce」する漱石詩学に逆行し、「嫂《あによめ》」と「漱石の恋」（江藤、四六八頁以下）の私的な穿鑿談義に現を抜かす。江藤は「長篇」と「小品」、小説と漢詩を安易に切り離すのだが、『硝子戸の中』と『道草』は緊密に繋がるテクストだ。しかも西洋か東洋かの二者択一でなく英語と漢文、英文学と漢文学のあわいで人間の言語《ランガージュ》と格闘し思索する文学探究のただなかから、「〈テクストとしての漱石〉」は生まれ出たのではなかったか。作家論か作品論か、作者かテクストかという、大学・学界にありがちな文学研究方法論上の二項対立にも囚われずに、虚心坦懐、泰然自若として、「漱石のテクスト」ならぬ「〈漱石というテクスト〉」の「語り」に耳を澄ましたい[5]。

三、明暗双双の世界反転光学

問題の「則天去私」揮毫の数ヵ月前、漱石最後の夏、午後の漢詩の日常工夫が始まった。大正五（一九一六）年八月二十一日付、久米正雄・芥川龍之介宛書簡に言う。

あなたがたから端書がきたから奮発して此手紙を上げます。僕は不相変《あいかわらず》「明暗」を午前中書いてゐます。心持《こころもち》は苦痛、快楽、器械的、此《この》三つをかねてゐます。存外涼しいのが何より仕合せです。夫《それ》でも毎日百回近くもあんな事を書いてゐると大いに俗了された心持になりますので三四日前から午後の日課として漢詩を作ります。日に一つ位です。さうして七言律です。中々出来ません。……あなた方の手紙を見たら石印云々とあつたので一つ作りたくなつてそれを七言絶句に纏めましたから夫を披露します。久米君は丸で興味がないかも知れませんが芥川君は詩を作るといふ話しだからこゝへ書きます。

尋仙未向碧山行。住在人間足道情。明暗双双三万字。撫摩石印自由成。

(句読をつけたのは字くばりが不味《まづ》かつたからです。明暗双々といふのは禅家で用ひる熟字であります。三万字は好加減です。……結句に自由成とあるは少々手前味噌めきますが、是《これ》も自然の成行《なりゆき》上已《やむ》を得ないと思つて下さい)／……

(二十四巻、五五四—五頁、ルビ引用者)

江藤は手紙の冒頭(右引用五行目上まで)と終盤のみを引いて、肝腎要の漢詩には見向きもしない(江藤、一七五、二一二頁)。しかしこれは「新時代の作家になる」(二十四巻、五五五頁)べき後輩への餞《はなむけ》で、「永い日が何時迄《いつまで》もつゞいて何《ど》うしても日が暮れないといふ証拠に書く」(同、五五六頁)文学の遺言である。この言葉の命の根を、あだや疎かにしてはならぬ。

「仙を尋ぬるも　未だ碧山に向かって行かず／住みて人間《じんかん》に在りて　道情《どうじょう》足る／明暗双双《そうそう》　三万字／石印を撫摩《ぶま》して　自由に成る」（十八巻、三四五頁）。ここに「道情《どうじょう》」は「道にこころざす心情」と平易に解し、文学に人生を賭けた人の「苦痛、快楽、器械的」の道行きを読みかさねたい。江藤は「生活からの遁走」ばかりを言い立てるが、かつて「自殺」を念慮して子規に「愚痴」をこぼした青臭い「misanthropic 病」（二十二巻、二二一―三頁）は、「洋行から帰る時《とき》船中で一人心に誓った」（同、六〇〇頁）刹那に心機一転、「形而上に安心を求」める「安楽」な「発展の路《みち》」は俄然断念して、「開化の無価値なるを知りつゝも是《これ》を免かる能《あた》はざるを知る」「真の厭世的文学」（十九巻、二二五頁）の道へとすでに昇華されている。

ゆえに漱石は帝大講師を辞し、子規と同じ「新聞屋」（十二巻、七五―六頁）となり、文学制作の日常を邁進する。そしていま、深山幽谷の仙界に憧れながらも「未だ」そこには「向かって行かず」、あえて俗塵の人の世に「住みて」、紫檀の机上の「石印を撫摩《ぶま》して」小説を書く。午前の『明暗』で「大いに俗了され」、午後の書画や漢詩や談話で「心持《こころもち》」を整えて、毎朝原稿の前に帰って来る。一日一回分を仕上げ、それを数ヵ月にわたり継続する最後の制作の日々、漢詩初案の「養道情」を「足道情」に書き改めた「老辣《ろうらつ》無双《むそう》」の創作家の、苦心と覚悟のほどはいかばかりかと忍ばれる。『明暗』執筆《エクリチュール》の骨法を暗示する禅語「明暗双双」で、「明」はわれわれの個我《エゴ》に現象する世界万物の差異差別の「色」相を言い、「暗」は明中の言語分節に住み慣れた私《わたくし》の眼の偏りを正す無差別平等の「空」相を言う。そして「双双」は、明暗二相が不即不離に回互《えご》して相互嵌入《かんにゅう》する、「色即是空、空即是色」の不断往還の大乗的な世界反転光学を道《い》う。つねにすでに言葉で諸事万般を分節し物を言う、われわれ人間の経験的な実在性《リアリティー》の明瞭世界。その色とりどりの具体実相をありのまま批判的に見つめるべく、あらゆる言語活動《ランガージュ》が寝静まり沈黙する無差別平等の昏《くら》い〈無の場所〉に出て、その「縹緲《ひょうびょう》」たる空漠の開けからそのつどの〈いまここ〉に帰還する。そしてこの明暗反転往還を不断に反復するなかで、個々《パティキュラー》の事象を真実に言表する言葉《ジェネラル》を地道につかまえる。

そういう徹底的な言語批判を腹蔵する漱石詩学の片鱗は、すでに帝大二年次「比較宗教及東洋哲学」講義の学年末レポート『老子の哲学』(明治二十五年六月十一日付)にも確認できる。

道の根本は、仁の義のと云ふ様な瑣細《ささい》な者にあらず、無状《むじょう》の状無物《むぶつ》の象《しょう》とて、在れども無きが如く、存すれども亡するが如く、殆《ほと》んど言語にては形容出来ず、玄の一字を下すことすら猶《なお》其《その》名に拘泥せんことを恐れて、しばらく之《これ》を玄之《げんの》又玄《またげん》と称す。……/玄とは相対的の眼を以て思議《しぎ》すべからざる者を指すの謂《いい》にして、必ずしも虚無真空を言ふにあらず。名《な》づくべきの名なき故に、無と云ふのみ。
(二十六巻、一四—五頁、句読点ルビ引用者)

「玄」は「ゲン」と音読し「くろ」と訓む。漢字は極細の糸を象《かたど》り、形が見えるか見えぬかの幽遠なる様で、その青黒い「玄《くろ》」は天の色。ゆえに「玄黄」は黒天と黄土を重ね、天地自然の広がりを言う。そこから「玄」の一字が「天」の別名となり、漆黒の奥深さを象徴する。この暗天の玄妙なる調べがいま「則天去私」に木魂《こだま》する。漱石の文学人生を一貫する詩学の通奏低音。それは折々に強勢され[6]、職業作家として世に立つ時節の『文芸の哲学的基礎』(四十年四月二十日講演、五月四日から六月四日まで連載)で主題に躍り出る。

その連載第三回「意識現象」は、後年の「則天去私」寂滅の音《ね》を遥かに聴いて、明から暗、色から空への視座反転の機微に言寄《こと》せる。

> 通俗の考へを離れて物我《ぶつが》の世界を見た所では、物が自分から独立して現存《げんそん》して居《ゐ》ると云《い》ふ事も云へず、自分が物を離れて生存《せいそん》して居《ゐ》ると云ふ事も申されない。換言《くわんげん》して見ると己《おの》れを離れて物はない、又《また》物を離れて己《おのれ》はない筈《はず》となりますから、所謂《いはゆるぶつが》物我なるものは契合《けいがふ》一致しなければならん訳になります。物我《ぶつが》の二字を用ひるのは既《すで》に分り易い為《た》めにするのみで、根本義から云ふと、実は此《この》両面を区別し様《やう》がない、区別する事が出来ぬものに一致抔《など》と云ふ言語も必要ではないのであります。だから只《たゞ》明かに存在して居《ゐ》るのは意識であります。さうして此《この》意識の連続を称して命《いのち》と云ふのであります。(十六巻、七一頁)

テクストは、物と我の「区別」以前の「契合《けいがふ》一致」を「云ふ言語」さえも吟味して、自他未分、物我一如の風光を閑《しずか》に眺めつつ、しかも言説分別を超えた不可思議の境界《きょうがい》にはあえて立ち入らぬ。この徹底的に批判的な哲学の身のこなしが、実にいい。

同じ頃、西田幾多郎は、「実在とは唯我々の意識現象即ち直接経験の事実あるのみである」（岩波新版『西田幾多郎全集』一巻、四三―四頁）と性急に断言し、「純粋経験を唯一の実在としてすべてを説明して見たい」（同、六頁）と意気込んでいた。[7] まさに言語道断たる「主客未分」の「真実在」を、あえて「知的直観」で摑もうと踠《もが》く、危うく怪しい形而上の実在話法。この学界最新動向を横目で睨み、『文芸の哲学的基礎』は序盤で一度だけ「不通俗」「根本義」の「意識の連続」にふれて、飄然と身を翻す。そしておもむろに「物」の「現存」や「自分」の「生存」を言う「通俗の考へ」に取って返し、「時間、空間」の「直覚《ちよくかく》」と「数及《および》因果関係」の「概念」を駆使した認識判断形成過程を踏査して（漱石、十六巻、七七―八二頁）、「知《ち》、情《じやう》、意《い》」の「精神作用」の「区別」（同、八五頁）をふまえ、「芸術家」「文学家」の実存を賭けた「理想」（同、一三四頁）の公的発話にいたるまで、人間の言語行為《スピーチ・アクト》一般を丁寧に反省吟味する。

「真、善、美、壮の四種」の「理想」（同、一二九頁）を「実現」すべく、「完全な技巧」で「人生に触れる」創作に打ち込む「理想的文芸家」の語りの「極致」、テクストを読む「我々の意識の連続」が「文芸家の意識の連続」と「一致」する。いまここで「無我の境界《きょうがい》」に点頭《てんとう》し、恍惚の域に逍遥する」「此《この》一致の極度に於《おい》て始めて起《おこ》る現象」を「還元的感化」（同、一二九―一三一頁）という。[8] 西田ならば意識根柢の「真実在」の直覚をいたずらに言い募るところで、漱石は潔く「現象」面に徹している。通俗と不通俗の反転往還光学の詩学をこの世で地道に継続する実人生であってこそ、「還元的感化の妙境に達し」「社会の大意識に影響する」文芸の「使命を完《まつた》う」（同、一二七頁）

しうるのだと、つねに新たに覚悟を決めていたからに相違ない。

四、実存帰還の詩学

ゆえに翌四十一年の『創作家の態度』（二月十五日講演、『ホトトギス』四月号）は、もはや「哲学者の云ふ 'Transcendental I'」には立ち寄らず、最初から「作家自身」を「我《が》と名づけ」、「作家の見る世界」を「非我《ひが》と名づけ」て、この根元的な主客対立の言語分節のもと、物理現象ならざる「心理現象」（同、一八一頁）——これはもはや「根本義」の「意識現象」ではない！——の分岐実態を分析する。同じ時期、『坑夫』（一月一日より四月六日まで連載、一月二十九日脱稿）は足尾銅山の地下に潜り、近代日本の死の淵を垣間見て地上に戻り、東京に帰って来る。そして不思議にリアルな『夢十夜』（七月二十五日から八月五日連載）から「うと〳〵して眼《め》が覚《さ》める」（五巻、二七三頁）ところで『三四郎』（八月中旬起稿、九月一日から十二月二十九日まで連載）は始まった。

小説は第一章掉尾、「日露戦争に勝つて、一等国になつて」浮かれる世情に「亡びるね」（五巻、二九一—二頁）と冷や水を浴びせ、大日本帝国軍国主義の四十年後の廃滅を予言する。そして第六章冒頭、「カントの超絶唯心論がバークレーの超絶実在論にどうだとか云つたな」（同、四二一頁）という哲学の謎をかける。ここに「唯心論」の原語は spiritualism でなく idealism で現行訳なら「観念論」、そして「超絶 transcendental」は「超越論的」である。漱石は小説起稿直前に「カントの哲学を研究し」（二十三巻、二〇九頁）、「超越論的実在論、それ自身事実上結果的に経験的観念論（バークリ）」の形而上学的独断を却下、「経験的実在論にして超越論的観念論（カント）」の道を選び取る（十九巻、四〇三、四〇七頁、いずれも原文英語）。それはちょうど、西田が「バークレー、フィヒテ」を「ロック、カント」よりも好み（西田、四四頁）、「意識現象」を「超越論的実在論」の口吻で語って心霊主義《スピリチュアリスティック》・唯心論的な「心理主義」の「経験的観念論」に堕すのとは、真逆の進路を毅然として行くものである。(9)

かくして漱石の「意識現象」は、カント理性批判の「超越論的観念論」の革命転回《レボリューション》の視座であり、それゆえにその文学は「経験的実在論」たりうるのだ。甲野、代助、宗助、須永、一郎、K、先生のように「セッパ詰まつ」て「余裕」のない実存たちの、「息の塞《ふさが》る様な」人生の「死活問題」に「触れる」痛切深刻な主題（漱石、十六巻、一五三―四頁）。それをあえて細々《こまごま》と「一事に即《そく》し一物に倒《たふ》して」「出来る丈《だけ》長く一所に佇立《ちょりつ》する」「叙述的態度」で「余裕のある」「低徊《ていくわい》趣味」の小説にする（同、一五五、一六〇頁、『虚子『鶏頭』序』四十一年一月）。そのようにして個々の人格に密着しつつ、人間一般の問題を凝視する。この詩学方法論の不断の工夫が漱石文学の力の源泉であり、その探究が遺著『明暗』でも地道に継続されていたのである。

だからあの「明暗双双」書簡も、「無暗《むやみ》にあせつては不可《いけ》ません。たゞ牛のやうに図々しく進んで行くのが大事です」（二十四巻、五五五頁）と、次代の小説家に「余裕」をうながした。そして「則天去私」関連の小宮豊隆宛書簡（大正五年十一月六日付）も、「もつと人間に余裕を作るのです。

無暗《むやみ》に反応を呈しないのです。さうして楽になるのです」（同、五八四頁）と温かく諭している。「僕の無私といふ意味は六づかしいのでも何でもありません。たゞ態度に無理がないのです。だから好い小説はみんな無私です」（同、五八五頁）。さういう漱石詩学の秘訣は、しかし古参門下には伝わらずにあの神話化が招来される。同じ言葉は芥川には暫時伝わったのかもしれないが、その危うげな心根にまでは届かず空しく終わる。人がこの世に生きること、つねに新たに文学的に生きつづけることは、かほどに「剣呑なる」（十六巻、一五頁）出来事であり、だから漱石は朝日入社時も『道草』執筆直前も、すすんで京都に遊ぶのだ。そして彼はおもむろに東京の文机の前に帰還する。

「健三が遠い所から帰《かへ》つて来《き》て駒込の奥に世帯《しよたい》を持《も》つたのは東京を出てから何年目《なんねん》になるだらう」（十巻、三頁）。読点を一つも挟まぬ一気呵成の書き出しで、「遠い所」はロンドンのみならず、度重なる病臥の閑暇も含意する。ゆえにまた「死といふ遠い所」（十二巻、五九二頁）の気配に「硝子戸《ど》を開《あ》け放《はな》つて」「ふわ〳〵と高《たか》い冥想の領分に上《のぼ》つて行」き、物我、生死、有無、明暗等々、一切の差別を超えた「意識現象」の〈無の場所〉で「一般の人類をひろく見渡しながら微笑して」（同、六一五―六頁）、つねにそれから俗塵の〈いまここ〉に「帰つて来て」倦まず弛まず小説を書き続ける不断反転の視座をも、「遠い所」は暗示する。

明と暗、俗塵と超俗、午前と午後、小説と漢詩を、安易な二項対置で切り離してはならぬ。むしろ昼の覚醒と夜の睡眠とで初めて「命」が続くように、われわれの生死を区切り繋ぐ文学の日常工夫の継続のうちに、長篇小説が自由自然《みずからおのずと》書き上がる。この小説筆法を不愉快な十年前の回顧で実地に試す覚悟があの『道草』冒頭句である。そして翌年晩夏の「明暗双双」はわれわれの新たな近代小説を育む反転往還光学の確かな手応えを詠い、最期の「則天去私」はその往相局面を強調する。それはしかし形而上彼岸世界への「超脱」「脱俗」「解脱」の推奨などではなく、むしろ「双双」の不断帰還の骨《こつ》をしかと摑んだ心に発露する、余裕と自負と慈愛の微笑である。

「則天去私」は、この世に現に生きて「人間を押す」創作家、とりわけ我執の苦い現実に「超然として」(二十四巻、五六二頁)とりくむ小説家が、「文章座右銘」に掲げた詩学の公案である。どこまでもこの世で人間の言葉を練りあげて作る文章が、つねに新たに生の現場にたち帰り、もろもろの具体事物を厳しく見つめる制作論。「明暗双双」「則天去私」は言語活動の死生の臨界に坐し、しかもつねにそこからこの世の大地に「帰って来て」われわれ「みんな」の現実を凝視しつづけることをめざす、経験的実在論《リアリズム》の批判哲学的詩学の標語なのである。

注

(1) 大正六年十一月中旬(推定)、高橋元吉宛書簡、『萩原朔太郎全集』第十三巻、筑摩書房、一九七七年、一八三―四頁。

(2) 初出「夏目漱石論」は第三次『三田文学』昭和三十(一九五五)年十一月、十二月号掲載、東京ライフ社からの単行本は翌一九五六年刊。拙稿本文への引用では『決定版　夏目漱石』、新潮社、一九七九年の頁を括弧内に記す。

（3）神話形成に寄与した文献として、江藤が槍玉にあげる小宮豊隆『夏目漱石』（改訂版全三冊、岩波書店、昭和二十八年、初出昭和十三年）のほか、松岡譲『漱石先生』（岩波書店、昭和九年）所収「宗教的問答」（「漱石山房の一夜――宗教的問答」として昭和八年に『現代仏教』に初出掲載）と、これに概ね依拠した岡崎義恵『漱石と則天去私』（宝文館出版、昭和四十三年、初出昭和十八年）の、とくに「宗教的精神の発展と則天去私の思想」の章を参照。

（4）松岡譲、前掲書、二一五頁。江藤淳もこれを引く（江藤、一八頁）。あわせて松岡「『明暗』の頃」（漱石、別巻、三四四頁、松岡、一五四頁）参照。大正五年十一月の木曜会の他の出席者も同様に報告するゆえ、この趣旨の漱石発言は確かにあったものと推定できる。

（5）佐藤泰正「〈漱石を読む〉とは――あとがきに代えて」、同編『漱石を読む』、梅光女学院大学公開講座第四八集、笠間書院、二〇〇一年、一八八、一九五頁参照。あるシンポジウムで「『明暗』は表芸、漢詩は裏芸で、それを往ったり来たりしてたんだ」と発言したら、椎名麟三から「作家に表芸も裏芸もないんだ。切れば血の出るようなものだ」と「突然」「かみつくように」言われ「びっくりした」（吉本隆明＋佐藤泰正『漱石的主題』、春秋社、二〇〇四年、二六二頁）と佐藤は言う。ゆえに「『明暗』と漢詩の間を往還する」（佐藤泰正『夏目漱石論』、筑摩書房、一九八六年、三七二頁）日常工夫の「明暗二相の点滅」に「作家内奥の機微」（同、三八〇頁）を見定め、晩年の「七十五首の漢詩」を「もうひとつの『明暗』」として小説と「突き合わせ」（佐藤泰正『文学講義録　これが漱石だ。』、櫻の森通信社、二〇一〇年、三七四頁以下）読むべきだ。この確かな道標に沿って〈漱石というテクスト〉をともに新たに読み進めたい。

（6）熊本時代の『人生』（明治二十九年十月二十四日、『龍南会雑誌』）劈頭に言う。「空《くう》を劃《かく》して居る之《これ》を物といひ、時に沿ふて起《おこ》る之を事といふ、事物を離れて心なく、心を離れて事物なし、故に事物の変遷推移をなづけて人生といふ」。われわれの住まう世界の時空に諸事物がたち現われてくる。それらは「砂糖と塩の区別」「順逆の二境」「禍福の二門」等の言語分節により「千差万別」となる（十六巻、一〇頁）。それからちょうど十年後、京都帝大への招聘を固辞する明治三十九年十月二十三日付の二通の狩野亨吉宛書簡は、右の言語論的創世哲学を「大乗的」「大観」と「世間的」「差別観」との対比で言い表す（二十二巻、五九六、五九八頁）。そして同時期着想、十二月執筆の『野分』も「主客は一である。主を離れて客なく客を離れて主はない。吾々が主客の別を立てて物我《ぶつが》の境を判然と分割するのは生存上の便宜である」（三巻、四〇二頁）との根本洞察を披歴する。

（7）西田は漱石の三歳下で、帝大文科の一学年後輩。同じ授業に出たこともあるが親交はない。『善の研究』刊行は『門』と同じく、大逆事件の判決・死刑が強行された明治四十四年一月で、同書第二編「実在」の初出は四十年三月刊の『哲学雑誌』第二十二巻第二四一号。これは漱石『文芸の哲学的基礎』の講演・連載時期に当たり、漱石山房蔵書目録（漱石、二十七巻、一二〇頁）には『哲学雑誌』同号・次号の二冊が残る。また『善の研究』第一編となる「純粋経験と思惟、意志、及び知的直観」掲載の『哲学雑誌』（第二十三巻第二五八号）は四十一年八月十日付発行で、『三四郎』起稿の頃である。

（8）講演構想と思しき「断片四二」に言う。「是ハ consciousness ノ differentiate セザル以前ノ oneness ト同ジ state デアツテ highly differentiation ノ後ニ至ツテ還元スルノダカラシテ大ニ趣ガ違フ。Dim cons. デ物我ノ境ガ判然セヌノデハナイ。Clear cons. デ物我ヲ免レテ悲壮ニモ雄大ニモ高遠ニモ慈仁ニモ色々ニナリ得ルノデアルカラシテ是程功徳ノアルモノハナイ。無我」（十九巻、三二一頁）。「Sentiment デアル。即チ人格デアル。此人格ガアツテ始メテ之ヲ立派ナ技巧デ express シタ時ニ人ヲ物我一致ノ極ニ誘ツテ還元的真理ヲ悟ラシムルト共ニ複雑ナル今日ノ develop シタ ideal ノ領分ニ入リ込マシメテ之ヲ感化セシムルノデアル」（同、三二三頁）と。

（9）「神《かみ》は自己《じこ》だ」「僕《ぼく》は絶対《ぜつたい》だ」と「殆《ほとん》ど歯《は》を喰《く》ひしばる勢《いきお》いで」「強い断案を下す」とき、『行人』一郎は西田とは違い、『文芸の哲学的基礎』の「根本義《こんぽんぎ》」をかろうじて知っている。「一度此境界《ひとたびこのきやうがい》に入《はい》れば天地《てんち》も万有《ばんいう》も、凡《すべ》ての対象《たいしやう》といふものが悉《ことごと》くなくなつて、唯自分丈《ただじぶんだけ》が存在《そんざい》するのだと云《い》ひます。さうして其時《そのとき》の自分《じぶん》は有《ある》とも無《な》いとも片《かた》の付《つ》かないものだと云《い》ひます。偉大《ゐだい》なやうな又微細《またびさい》なやうなものだと云《い》ひます。何《なん》とも名《な》の付《つ》け様《やう》のないものだと云《い》ひます。即《すなわ》ち絶対《ぜつたい》だと云《い》ひます」。しかしその「絶対即相対《ぜつたいそくさうたい》」（八巻、四二六―七頁）は「まづ絶対を意識して、それから其絶対が相対に変る刹那を捕《とら》へて、そこに二つの統一を見出《みだ》す」という絶対先行の理窟に難がある。ゆえにHさんは言う。「それより逆《ぎやく》に行《い》つた方《はう》が便利《べんり》ぢやないか」（同、四三六頁）。こうして漱石は時代の哲学・宗教の趨勢に重ねて異議を申し立てる。この点もふくめて詳細は、拙著『漱石とカントの反転光学――行人・道草・明暗双双』、九州大学出版会、二〇一二年を参照していただければ幸いである。

中野新治

文学のリアリティは何によって保証されるか

――ゼロ地点と「先生の遺書」――

一

二〇一五年（平成二七年）五月、六九歳でこの世を去った作家車谷長吉《くるまたにちょうきつ》は、〈文士の生き残り〉とでも言うべき私小説作家であった。直木賞受賞作となった「赤目四十八瀧心中未遂」（平成10・1）には、現世的価値に背を向け、地を這うように生きる人々の姿が冷徹かつ執拗に描かれているが、そこからは物語の内容とは別に、〈文学的表現〉が読者を撃つほどの高いレベルまで達するためには何が必要であるか、がまぎれもなく立ち昇ってくるように思われる。

主人公（私）は、名門大学の出身でありながら身を持ち崩し、大阪尼ヶ崎の下町で、安商いの焼鳥屋に出す串刺し肉を、一本三円で日に千本刺すという仕事を続けている。隣人から「あんたなんか、こんなところにおる人間やないやろ」と言われながら、最下層の生活から抜け出そうとはしないのだが、そんな生活をなぜしてしまうかについて「私」はこのように人生観を語る。

こういう私のざまを「精神の荒廃。」と言う人もいる。が、人の生死には本来、どんな意味も、どんな価値もない。その点では鳥獣虫魚の生死と何変ることはない。ただ、人の生死に意味や価値があるかのような言説が、人の世に行われて来ただけだ。

また、東京で会社勤めをしていた時のある年の正月、ノートに次のように書きつけている。

正月が来ても、行く所もなければ、帰る所もなし。訪うて来る人もなければ、訪うて行きたい人もなし。午後、千住の土手を歩く。枯蘆の茫茫と打ち続く様物凄まじく、寒き川はぬめぬめと黒く光りて流る。

「私」は心身ともに現世に自己の置き所を失っている。「私」の経験したさまざまな出来事に加え、文語で日記を付けることのできるその教養が重なり、現世的なゼロ地点に「私」を追い込んだのである。

先に、「〈文学的表現〉が読者を撃つほどの高いレベルに達するためには何が必要であるか」と述べたが、こうして、主人公には、自己と世界を過剰なまでに意識することのみが唯一の意味のある行為となっていることがわかるだろう。「私」はみずから進んですべてを失い、最後に残った「言葉」だけを自己の支えとして生きている。もちろん、日記をつけることの空虚さえも明白に自覚されている。しかし、意味のある現実を失い、言葉のみで生を意味づける〈報告者〉へと追い詰められる過程の真摯さを疑うことはできない。

「私小説」とは不思議な器である。それは一つの文学的世界を展開しながら、並行して、主人公＝話者が〈書く世界〉以外に生きる場がないことを納得させる道筋を示す。語られる文学世界の内容の愚かさが、書き手の態度の真摯さによって補償されてのみ、「私小説」は存在できるのである。

しかし、このような〈書く世界〉にまつわる状況は、何も私小説の世界の専売であるわけではない。例えば宮沢賢治の場合、「雨ニモマケズ」の言説の流布や、農民への献身的行為、また早逝により、〈聖人〉のイメージさえ与えられているが、その実像は決してこの車谷の対極に位置づけられるものではない。むしろ、重なるところが多いとみるべきである。

大正八年、八月に書かれた次の書簡には、盛岡高等農林学校を前年に卒業し、研究生ではあっても未来に希望を持てぬまま日を送っていた賢治の〈居場所の喪失〉が、生々しく記されている。

私の父はちかごろ申します。「きさまは世間のこの苦しい中で農林の学校を出ながら何のざまだ。何か考へろ。みんなのためになれ。錦絵なんかを折角ひねくりまわすとは不届千万。アメリカへ行かうのと考へるとは不見識の骨頂。きさまはたうたう人生の第一義を忘れて邪道に

> ふみ入ったな。」お、、邪道、O,JADO! O,JADO! 私は邪道を行く、見よこの邪見者のすがた。学校でならったことはもう糞をくらへ。（中略）成金と食へないもののにらみ合か。へっへ労働者の自覚か。へい結構で、どうも。ウヘッ。わがこの虚空のごときかなしみを見よ。私は何もしない。何もしていない。幽霊が時々私をあやつって裏の畑の青虫を五疋拾わせる。どこかの人と空虚なはなしをさせる。正に私はきちがひである。（大正8・8　保阪嘉内あて書簡）

父が指し示すような「人生の第一義」＝人のために生きる＝に迷いなく進むことができなくなったのは、父の言葉とは逆に、高等教育機関である「農林の学校」で〈世界の真実〉を深く学んだためであったに違いない。ロシア二月革命は二年前の大正六年に起きているが、賢治は、世界の構造を根底から変える新思想に与することもできず、父のような現実的処生にも従えないという、ゼロ地点に追い込まれたことになる。「わたし」の刺す一日千本の串と、賢治の裏の畑で拾う五疋の青虫は同位にあるのであり、生の目的の喪失は、やがて賢治を「邪道にある者」＝人間失格者＝「修羅」の自覚に導くことになるのである。

もちろん、賢治が書いたのは私小説ではない。彼は周到に「イーハトーヴ」と命名までして己れの心象世界を別世界として創造した。しかし、それは「まことの言葉はここになく／修羅のなみだはつちにふる」（「春と修羅」）という、自己と世界に対する絶望と、それにもかかわらず自己と世界を回復しようとする熱意から生まれたものであることを確認しておこう。従って、この次元で彼の作品は現実のリアリティから解放されることになる。リアルな現実への足場を喪失した者にとって、表象の世界こそが唯一残された世界なのだから、賢治の「イーハトーヴ」では「あらゆることが可能」（「注文の多い料理店」序）なのである。

たとえば、出版された作品集に収められることのなかった創作の中でも、次のメモは異彩を放つものとして注目に値する。

海盤車《ひとで》君、過去といふのはどういふのかね。すると海盤車は這ひ出した。のそのそ砂を一めぐりして、一つの円を描いたのだ。それからこれが過去ですといふ。そばには黒い海胆も居て、さう、その通りと賛成した。そんなら未来はどうだときいた。海盤車はわらってまた這った。それからさっきの輪のまん中で、砂をもくもく掘りだした。さう、その通りと海胆も大変賛成だ。そこで今度は我輩は、われらの遠き祖先のすゐ、原成《ママ》虫を訪れて、おい、アミーバー過去とはどうだ、ときいてみた。（下略）

賢治の信仰した仏教の世界観が基盤にあるにもせよ、この大胆な〈水中の哲学者たち〉の描写は、ゼロ地点にある者が、その悲苦の代償として与えられる〈自由〉の豊かさを示している。それは車谷の「私小説」においても同様であろう。車谷が賢治と同様に人間の特権など少しも信じていないのは前見の引用にも明らかであり、「赤目四十八瀧心中未遂」が事実の装いをもってする創作の世界であることも改めて言うまでもない。その愚かで鮮烈な作品世界の創造こそが、彼に与えられた唯一の〈自由〉なのであった。

二

前置きが長くなったが、夏目漱石の作家への道程の出発点となった「吾輩は猫である」（明治38・1～39・8）誕生にも、右に述べたものと同質の事情が指摘できるように思われる。

周知のように、明治維新の前年（一八六七年）に八人の子の末子として生まれた金之助は、すぐに里子に出され、その後、塩原昌之助の養子となり、さらに実家に戻されることとなった。実父母を祖父母と思い込んでいたという「硝子戸の中」に描かれたエピソードは漱石理解の核心の一つとなるものであるが、親の都合で生家に戻され二十二歳で復籍するという、送籍体験は、自己の生の基盤を揺すぶり続けるに十分であった。浅野洋氏はその体験の本質を次のように述べている。

人間関係は恣意的な社会制度の一種にすぎないが、それでもそうした関係性をぬきにしてはこの「私」も存在し得ない。だとすると「私」が〈ここにいる〉こと自体は事実だとしても、それが自己の確かなアイデンティティに結びつくなどきわめておぼつかない。現に少年（註金之助）の眼前にいる老夫婦は「祖父母」から「父母」に突然変貌したし、その前にいる少年自身も「孫」から「子」に変貌した。とすれば、「祖父母」や「父母」は「私」との実体的関係をあらわす名辞ではなく、「私」自身をさす「孫」や「子」もたかだか記号としての名辞に過ぎない[1]。

「記号としての名辞」とは、取り換え可能な、機能のみで存在するものを指す。人間存在の記号化については、ユダヤ人哲学者マルチン・ブーバーが『我と汝』の中で、かけがえのない〈我（わたし）と汝（あなた）〉の関係と、取り換え可能な〈我（わたし）とそれ〉の関係とを厳しく区別して示したことが想起される。前者から後者への移行は現代の機能社会の本質を示したものであるが、漱石の夏目家への復籍が、実家に戻されてから十年以上も経った後実行されたこと、しかもそれは長兄、次兄が相次いで死去したための処置であったことを考えれば、彼の夏目家の中での存在が〈我とそれ〉の関係でしかなかったことは明らかであろう。

もちろん、明治維新という将来予測の不可能な混乱の時代、また、何よりも家名の存続が大切であった時代の処置であり、両親の対応はやむをえないものであったことは十分に理解できる。漱石自身、「硝子戸の中」でも自伝的小説「道草」の中でも、それについて非難がましいことを述べているわけではない。しかし、真実を下女から知らされた時、「心の中では大変嬉しかった。さうして其嬉しさは事実を教へて呉れたからの嬉しさではなくつて、単に下女が私に親切だつたからの嬉しさであつた」（傍点引用者）という「硝子戸の中」の記述は、幼少期の金之助が、ブーバーの言う〈我と汝〉の関係を渇望していたことを明らかにしている。

その渇望は後に、「坊っちゃん」の「おれ」と「清」との関係として豊かな造形をもたらすことになるのだが、今は、漱石が早くから前見の二人と同じく、生のゼロ地点に住まわされる者であったことを確認しておこう。車谷に於ける裏社会への逃亡者としての自己、賢治に於ける修羅としての自己、漱石に於ける記号化された自己。そのような自己から世界を見る時、流布している現世的価値や結ばれている人間関係が仮象のものであり、確かな世界を取り戻すためには〈書くこと〉しかないことが自覚されることは当然である。

漱石の場合、ほとんど戯れ事のように始めた「吾輩は猫である」の執筆（明38・1「ホトトギス」）により書くことの充実を知ると、「大学者だと云はれるより教授や博士になったより遥かに愉快です」（明38・5山縣五十雄あて書簡）、「やめたきは教師、やりたきは創作」（明38・9高濱清あて書簡）という内心は押さえがたいものとなっていく。すでに多くの指摘があるように、「捨てられた名無しの猫」とは漱石の「記号化された自己」の喩である事は言うまでもなく、賢治がヒトデに哲学を語らせたと同じく、猫に人間世界を分析させたとしても少しも不思議ではない。それがゼロ地点の悲苦に生きる者に与えられた〈特権的な自由〉だからである。

三

漱石の代表作であるだけでなく、日本の近代文学を代表する作品となった「こゝろ」（大3・4～8）については、当然のことながら様々な論評がなされて来た。その中でも一時代を画したのが小森陽一氏の「『心』における反転する〈手記〉――空白と意味の生成――」（「成城国文学」1、昭60・3）であり、石原千秋氏の「『こゝろ』のオイディプス――反転する語り――」（同前）であったことは改めて言うまでもない。小森氏によれば、遺書の受け手である「私」は、残された先生の妻静《しず》と共に生活し、子供も生まれている、という読みが可能となる。妻にさえ知らせるな、という言葉で閉じられる遺書の自己閉鎖性は読み手により破られ、新たな展開が与えられたのである。

　そのことの当否をここで改めて述べる用意は今はない。ここでは、以後、ロラン・バルトを始めとする〈テキスト論〉の強い流布のもと、「隠されたもう一つの物語」を発見しようとする一連の論が量産されるようになったことを確認するだけにとどめておきたい。しかし、田中実氏の指摘するように「既存の読み（通説）に対して、読者の恣意である別のコードを導入して論の相対化が無限に続くこと」になり、「本文との間にダイナミズムとしての〈対話〉が欠落して」しまう[2]傾向が覆いがたく存在して来たことは否定できない事実である。つまり、作品が作者から切り離され、読み手による再創造が読書行為のたびごとに行なわれ、そこに新しい表象世界が立ち上ってくるのは良いとしても、それがもう一度、作品に投げかえされるという〈対話〉がしっかりとなされて来たか否かの検証が必要であるということである。

「こゝろ」は、改めて言うまでもなく〈悲劇〉として造形されている。K、下宿の奥さん、乃木将軍、「私」の父（死が近い）、先生、と、五つの死（三名は自殺）が描かれる（回想を含めるともっと増える）。シェイクスピアの「ハムレット」を思わせる主要登場人物の死である。音楽で言えば明白に短調のトーンが全篇を覆っていることは言うまでもない。であれば、〈新しい読み〉は、少くとも作品のトーンと響き合わされ、作品と〈対話〉することが、論考成立の最低の条件となるべきではないだろうか。

ここで、小森氏の提出した読みの恣意性を改めて問題にしたいのではない。そうではなく、「こゝろ」の結末に、「私」と「先生」の妻との結婚、子供の誕生、という現実的世界が想定されることが問題なのだ。作品の〈悲劇性〉は、語り手の「私」によって早くから示されている。

先生は美しい恋愛の裏に、恐ろしい悲劇を持つてゐた。さうして其悲劇の何《ど》んなに先生に取つて見惨《みぢめ》なものであるかは相手の奥さんに丸で知られてゐなかつた。奥さんは今でもそれを知らずにゐる。先生はそれを奥さんに隠して死んだ。先生は奥さんの幸福を破壊する前に、先づ自分の生命《せいめい》を破壊して仕舞つた。

問題は、この「悲劇」がどのような位相で展開されているか、にある。「自己の心を捕へんと欲する人々に、人間の心を補へ得たる此の作物を奨む」（漱石「こゝろ」広告文）という一文に明らかなように、「こゝろ」は純然たる心理小説である。サスペンスタッチとさえ言える物語の展開は、人間の定かならぬ心の有様を見事に、そして、厳粛に描き切っている。しかし、それは、この作品が現実に即した世界＝日常性を描いていることを意味しない。それは、次作「道草」で成立した世界であり、「こゝろ」は非現実的、観念的世界の位相で染め上げられている。「先生」の悲劇が、奥さんと共有できないことに於いても、また、「先生」が、いくら父の遺産があるとはいえ、一切働くことなく日々を送っていることにも、その非現実性、観念性は明白である。もし、「先生」が一介のサラリーマン生活を余儀なくされたとしたら、日常性の強い力によってその罪意識がなし崩しに消えていき、妻への告白もなされる可能性は十分に想定できる。さらに、「先生」の、自殺に際しての「明治の精神に殉死する」という動機も、「先生」みずからが他者の理解の不可能を認めるほど、観念的で一人よがりなものであると言わざるをえない。

かくして、「こゝろ」に描かれているのは現実ではなく、「先生」の心の現実なのだということを認めねばならないだろう。

社会性の欠如の中で生きて来た「先生」にとって、それは現実を越えるほどふくれ上がり、もはや他者と共有することが不可能となっていったのである。「先生」の自殺に至る諸行為については、妻の人格を認めていない、男性原理による自己満足的な罪意識である、などの批判がある。現実の世界に即せば、その批判は当然のものである。しかし、「先生」が他者と共有することのできぬ心の現実に押しつぶされて生きており、その前では現実は無残なまでに変質し、そのリアリティでさえ失なわれていたとしたらどうであろうか。
例えば、シェイクスピアの「ハムレット」において、主人公は他者からは理解しがたい奇矯な言動を繰り返す。友人や従臣はもちろん、恋人オフェリアとさえ共有できない苦悩に、ハムレットは身心ともに追いつめられていくのだが、その原因となったものは冒頭に登場する父の亡霊である。亡霊はホレイショーやマーセラスなどの従臣の前に姿を現わしたあと、息子ハムレットにだけその内心を語る。

仮寝のひまに、実の弟の手にかかり、命ばかりか、王位も妃も、ともども奪い去られ、聖礼もすませず、臨終の油も塗られず、懺悔《ざんげ》のいとまもなく、生きてある罪のさなかに身も心も汚れたまま、裁《さば》きの庭に追いやられたのだ。なんという恐ろしさ！　おお、なんという！　かりにも父を想う心あらば、デンマーク王家の臥床《ふしど》を不義淫楽の輩《やから》に踏みにじらせてはならぬぞ……だが、いたずらに事をあせり、卑劣なふるまいに心を穢《けが》すなよ。母に危害を加えてはならぬ――天の裁きにゆだね、心のとげに身をさいなませるがいい。頼んだぞ、ハムレット。
（第一幕第五場　福田恆存訳）

こうしてハムレットは「この天地のあいだには人智などの思いも及ばぬことが幾らもある」（同）ことを思い知り、この後、「関節がはずれてしまった」この世を一人で「直す役目を押しつけられる」

（同）ことになるのである。

シェイクスピアが生きた十六世紀から十七世紀初頭においては、天動説が信じられ、魔女や亡霊の存在が疑われることはなかったにちがいないが、それにしても、人知を越えたことが起きてしまったことからストーリーが展開されることは極めて重要である。現代においても「ハムレット」は世界各地で常に上演されているが、冒頭の亡霊登場をとがめだてする観客がいるはずもない。事例は違っても、何ごとか世界を狂わせてしまうことが起き、その後、受難者がどう生きるのかは、悲劇的展開において不変の、重大なテーマであるからだ。

少くとも芸術の世界では、それが非現実的なテーマや構成を持つことは極めて当然のことである。シャガールの描く、宙に浮いている人間や動物たちの姿が現実的でないと言う必要はないし、カフカや村上春樹の奇妙な小説世界や宮沢賢治の童話の非現実を非難する者は誰もいない。ゴッホの「ひまわり」を観る者は、ひまわりという現実の花の再現を見るのではなく、ひまわりを通して表出されたゴッホの心の現実を観ているのであり、例にあげた諸作も同様に享受されているのである。

近代以前の物語と異なり、近代小説の扱う対象が、基本的に人間に限られるため、小説世界は現実と対照されて読み取られることが多い。作家の現実や、それを作っている社会や時代性までがプレテキストとして採用され、多様な読みが誕生するのである。しかし、小説がフィクションである以上、作品世界を現実に引き下して論じることには慎重さが要求される。先に、田中実氏の論を引いて述べた「作品との〈対話〉」とは、それがどのレベルまで許されるか、論者は自覚的でなければならぬということである。

あなたにだけ私の真実を告げる、として遺書を送付され、その内容は生涯秘すべき義務を負わされたはずの「私」が、なぜ「先生」の遺書を公開したのか、と、もし問う人がいれば、それは滑稽な行為という他はない。遺書は作品の〈装置〉として作られたものであり、表象世界を作り上げるための約束であるにすぎないからだ。「こゝろ」は明らかに「悲劇」として存在しており、主人公の自死とともに突然幕を下ろす。自死の先に予測される混乱には一切言及がない。遺書の衝撃こそがすべてであり、現実的な後日譚とは無縁の世界なのである。

近代小説が現実的でなければならないという通念について、例えばアンドレ・ジイドは『贋金づくり』の中で次のような疑義を呈している。


「あらゆる文学様式のなかで」とエドゥワールは弁じていた。「小説が最も自由であり、最も無法則だから……そのために、その自由を恐れるために――小説は常にあのようにびくびくしながら現実にしがみついているのだろうか。小説は、いまだかつてニイチェが言っているような『輪郭の恐るべき腐蝕』も、ギリシャの劇作家の作品や、あるいはフランス十七世紀の悲劇などに独自なスタイルを許したあの意識的な人生からの乖離も経験したことがないのです。それらの作品以上に完璧な、そして深く人間的な作品がほかにあるだろうか。深ければこそ人間的なのだ。それは人間的に見えることを誇りはしない。少くとも真実らしく見えることを誇り

はしない」（川口篤訳）

今一度「ハムレット」と比較してみれば、「こゝろ」の「先生」もまた、ハムレットと同様に、本当のことを知ってしまった者であることが了解されるだろう。叔父、K、そして自己自身。人間は思いもよらぬ変貌をとげる。それは単なるエゴイズムの問題ではない。機会さえやってくれば、人間はどのようにも変ってしまう。それが「先生」が知った本当のことである。そして、あらゆる神話や伝説が示すテーゼに従い、真実を知った者はそこに居ることが許されないことも悲劇の必然として了解できるだろう。それは、決闘の申し込みに「胸騒ぎ」を覚え、自分の最期を予感しながら敢て死の結末に向って歩み出すハムレットの姿に、また、「私は今自分で自分の心臓を破つて、其血をあなたの顔に浴せかけやうとしてゐるのです。私の鼓動が停つた時、あなたの胸に新しい命が宿ることができるなら満足です」を、比喩ではなく文字通り実行した「先生」の姿に現われている。それは、刑死を自覚したイエス・キリストがサクラメントとして、自己の血と肉の代りとなるブドウ酒とパンを弟子たちに配った行為に近いことも、注目に値する。かくして、「こゝろ」は小説である以上にむしろ神話的、伝説的であるとも言えるが、それが言いすぎであるとしても、少くともジイドの言う「深く人間的」であるために、小説を踏み抜いた小説として形成されたことを疑うことはできない。

四

先生の遺書の冒頭部分に、次のような印象に残る表現がある。

　私が筆を執ると、一字一劃が出来上りつゝ、ペンの先で鳴つてゐます。私は寧ろ落ちついた気分で紙に向つてゐるのです。不馴《ふなれ》のためにペンが横に外れるかも知れませんが、頭が悩乱して、筆がしどろに走るのではないやうに思います。

「先生」の手によって、静謐にかつ明断に記された悲劇。「こゝろ」が現代に至るまで百年にもわたって読み継がれて来た理由の最大のものは内容以上にこの文体にある、と言いたくなるほど、読者の心を離さない力が「遺書」にはある。なぜそれが可能であったのか。

それは、一と二で見て来た作家と作品との関係が、「先生」の中で誕生した、という視点で説明できるだろう。「不馴れのためにペンが横に外れるかも知れませんが」とあるように、大学を出ても、能力に見合った仕事にさえ就くことのなかった先生は、このような長大で深刻な内容の文章を書くことは未経験であったに違いない。しかし、社会との交りを断ち、ひたすら自己の内心を見つめつづけるという修道僧にも似た社会的ゼロ地点に留まるその生そのものが、「私」という唯一無二の読者を得た時、反転して生きた文体を誕生させたのである。

吉本隆明は、もし文学作品に価値があるのなら、それはその発行部数の多さにあるのではなく、読者がまるで我が事のように読んでしまう〈内閉性〉にある、と指摘している。[3] 言うまでもなく、この遺書は、かつての自己の姿を彷彿とさせる一人の大学生の「私」に向って、まさしく内閉的に書かれたものである。読み手（私）の内閉性の高さは指摘するまでもない。そして、当然のことながら、その内閉性は、「先生の遺書」を読む読者一人一人に受け継がれていくことになる。先生↓私↓読者という流れは、先に見た〈我と汝〉というかけがえのない関係性を作り上げてさえ行くのだ。

吉本は続けて、その内閉性が成り立つためには、作者はその人生に於て大切なものを棒に振らなければならぬ、とつけ加えている。すでに見た車谷長吉、宮沢賢治、夏目漱石のそれぞれの人生が、暖い家庭的な愛、を始めとする、人間を人間たらしめる大切なものが大きく欠けたものであったことは言うまでもない。みずから望んでか、また、結果的にそうであったのかは判別しがたいが、彼らは何かに追いたてられるようにそのように生きたのである。そして、唯一つ自己の世界を託せるものとして〈書く世界〉が成立したのだ。

「私が筆を執ると、一字一劃が出来上りつ、ペンの先で鳴つてゐます」という表現には、書く行為に伴う喜びさえ感じ取ることができる。それはおそらく、愛する妻との生活にさえ与えられなかったものである。「先生」はあのハムレットとは異なり、父の仇である叔父を討つのではなく、親友Kの仇となった自己自身を討たねばならぬ道に追い込まれた。しかも、ハムレットの父の亡霊が「妻＝母に危害を与えてはならぬ」と言うのと同様に、当事者の一人であるお嬢さん＝妻に、真実を告げることは許されなかった。繰り返して言うが、それが人知を越えたことが起きてしまった者の、心の現実なのである。しかし、その代償のように、生きた言葉が、遺書の一回性として迫真の力をもって立ち昇る経験が与えられた。こうして、「先生の遺書」は、人間の心の底知れぬとらえがたさ、人間の自己中心性の罪が描かれているだけではなく、文学作品のリアリティの源がどこにあるかについても、読者に呈示するのである。

注

（1）浅野洋「『硝子戸の中』二十九章から——漱石の原風景——〈小説家の起源1〉」（『小説の〈顔〉』所収　二〇一三・十一　翰林書房）

（2）田中実「新しい作品論のために」（『小説の力——新しい作品論のために』所収　一九九六・二　大修館書店）

（3）吉本隆明「文芸的な、余りに文芸的な」（『吉本隆明著作集4　文学論Ⅰ』所収　一九六九・四　勁草書房）

原文は次の通り。

「優れた文学者はいつも痛ましさの感じを伴っている。かれが棒にふったのは恋人であるのか、家庭であるのか、社会の序列であるのかよくわからない。ただ文芸作品が読むものに、ただじぶんだけのために書かれているように感じさせる要素は文学者が創作のためにたんに労力や苦吟を支払ったのではなく、じっさいに現実に生きてゆくために必要な何かを棒にふってしまったことと対応している。そして優れた文学者が支払ったこういう現実上の欠如は、読むものに毒をあてる作用をするように思われる。」

『こゝろ』の不思議とその構造

浅野　洋

一

『こゝろ』は不思議な小説だ。ストーリィを簡略にいえば、「先生」と呼ばれる人物が遺書を残して自殺する、ただそれだけの話だ。この陰惨な自殺者の物語がなぜ多くの読者に愛読され、論じられ続けるのか。まずは連載開始前の「小説予告」を見ておこう。

今度は短篇をいくつか書いて見たいと思ひます、其一つ一つには違った名をつけて行く積りですが予告の必要上全体の題が御入用かとも存じます故それを「心」と致して置きます
（「朝日新聞」大3・4・16〜19、山本松之助宛書簡〔大3・3・30〕）

短編を幾つか連ねて長編とする手法は、『彼岸過迄』に始まり、『行人』から『こゝろ』へと引き

つがれた。短編群の「全体の題」を『心』とした漱石は、最初の短編を「先生の遺書」と題し、最終回まで続ける。「遺書」とある以上、物語は「初めに（先生の）自殺ありき」を起点、もしくは〈死への欲望＝タナトス〉を「あらざるをえないこと（当為）」とする一編だったと考えられる。事実、柄谷行人[1]も次のように述べている。

　『こゝろ』の隠された主題は自殺であり、友人への裏切り、乃木将軍の殉死などの理由立ては、ともかく自殺が前提となった上で導入されたのである。

この「隠された主題＝自殺」を作者漱石の感懐に還元することもできる。『こゝろ』連載後ほどなく岡田（林原）耕三に宛てた書簡（大3・11・14）に次の発言がある。

　私が生よりも死を択ぶといふのを二度もつゞけて聞かせる積ではなかつたけれどもつい時の拍子であんな事を云つたのです然しそれは嘘でも笑談でもない死んだら皆に柩の前で万歳を唱へてもらひたいと本気で思つてゐる（中略）本来の自分には死んで始めて還れるのだと考へてゐる私は今の所自殺を好まない（中略）無理に生から死に移る甚しき苦痛を嫌ふ、だから自殺はやり度ない夫から私の死を択ぶのは悲観ではない厭世観なのである（以下略）

また、「硝子戸の中」第八章（大4・1・20）にも以下のような感慨が見られる。

不愉快に充ちた人生をとぼ〳〵辿りつつある私は、自分の何時か一度到達しなければならない死といふ境地に就いて常に考へてゐる。さうして其死といふものを生より楽なものだとばかり信じてゐる。ある時はそれを人間として達し得る最上至高の状態だと思ふ事もある。／「死は生よりも尊い」／斯ういふ言葉が近頃では絶えず私の胸を往来するようになった。

これらの発言を見ると、この時期の漱石にとって「死」や「自殺」がきわめて親しい「主題」だったことは確かだろう。しかし、問題を作者に還元するのではなく、『こゝろ』というテキスト自体にそくして見るとどうか。ところが、奇妙なことに、『こゝろ』は「初めに自殺ありき」を起点とする物語でありながら、肝心の自殺の理由に関する「説明」が作中に見当たらない。たとえば小説の最終回、遺書の末尾近くに以下の言及がある。

それから二三日して、私はとう〳〵自殺する決心をしたのです。私に乃木さんの死んだ理由が能く解らないやうに貴方にも私の自殺する訳が明らかに呑み込めないかも知れませんが、もし左右だとすると、それは時勢の推移から来る人間の相違だから仕方がありません。或は個人の有つて生れた性格の相違と云つた方が確かも知れません。私は私の出来る限り此不思議な私

といふものを、貴方に解らせるやうに、今迄の叙述で己れを尽した積です。（下ノ56）

この述懐は、自殺の「理由」の「説明」になっていないばかりか、むしろ「説明」を拒絶するものだ。現に先生は「時勢の推移」や「性格」の「相違」など、陳腐すぎる原因をあげるだけで「私の自殺する訳」が「呑み込めない」としても「仕方がありません」と語る。要するに、自身の「死んだ理由」を他者に「解ら」せるのは困難だ、と。

前掲の柄谷氏も、先の引用に続けて次のように述べている。

『こゝろ』の先生がなぜ死ななければならないのかということは、おそらく作品そのものからは理解できないはずだ。先生の心理はこれまでの作品の図式性に比べると無理なく丹念に追われているのだが、自殺だけはやや不可解な短絡反応といわざるをえないのである。

また、小説の読み巧者である大岡昇平(2)も次のように述べている。

先生が自殺してしまうのは唐突に見える、しかも明治の精神に殉じるなんて、それまでの小説の進行から見て、意外な口実が出て来るんですが、人間の自殺なんてそんなものかも知れない。

先生の自殺は「作品そのものからは理解できない」「不可解な短絡反応」で「唐突に見える」という。そのくせ前者は『こゝろ』が「均斉がとれ爽雑物の少ない佳作」だとし、後者も「きっちりまとまっていて、必要なことだけしか書いていない」「均整のとれた印象が残る」と評価する。「主題」である先生の「自殺」を「不可解な短絡反応」や「唐突」としながら、作品自体の評価は高いという不思議。これは一体どういうことなのか。

先生は、自殺の「理由」を「説明」するのは困難だと拒絶する一方、前掲引用（下ノ56）の後半では「此不思議な私といふものを、貴方に解らせるやうに、今迄の叙述で己れを尽した積です」といかにも自信ありげに断言する。この二つの文脈の間にある奇妙な矛盾をどう考えればよいのか。それにはまず、引用の前半、「死んだ理由」の「説明」に対する先生の〈拒絶〉の意味を考える必要があるが、そもそも〈死ぬ「理由」の「説明」を拒絶する「始めに自殺ありき」の物語〉など成立し得るのかどうか。

上記の〈矛盾〉を言語作用の二項対立をヒントに考えてみたい。たとえば、ある事実の原因を叙述する場合、線条的な文脈にそった因果論的「説明」と、言葉の潜勢力が構築する「構造」的な開示と、二種の方法がある。ソシュールの言う「連辞（サンタグム）」と「範列（パラディグム）」に則る考えだが、前田愛[3]はソシュール以来の「言語理論の系列で、次のような二項対立が考えられ」るとして次のように説明する。

一つは、サンタグム、統合関係の軸であり、もう一つは、パラディグム、連合関係の軸である。普通、文章は線条的な構造を持っていて、サンタグムの軸によって語が線的に連結されるのですけれども、その連結された系列は、それによって排除された語を潜在的に包含している、こういうことです。たとえば「桜が咲いた」という一つのセンテンスがあるとすれば、そこに選ばれなかった「梅」であるとか「桃」であるとるか、そういう言葉を潜在的に含んでいる。あるいは「咲いた」という言葉は「散った」という言葉を潜在的に含んでいる。その潜在的に含んでいる軸が、パラディグムの軸になる。

先生が先の引用の前半で拒絶したのは、上記のサンタグム的な「説明」、すなわち先生の自殺する「理由」を線条的な文脈によって因果論的に「説明」することは困難だ、という意味ではなかったか。一方、上記のパラディグム的な言語作用にならって、物語全体を構成する潜在的な小さな物語（物語内物語）の意味連合がもたらす〈姿〉を仮に「構造」と呼んでみる。先生が引用後半で「貴方に解らせるやうに」「己れを盡くした」と語るのは、遺書全体を構成するパラディグム的な「構造」によって「自殺する譯」を「貴方に解らせるやう」全力を尽くした、という意味だったのではあるまいか。つまり、パラディグム的な「構造」から物語全体を見直せば、『こゝろ』はまた別の様相を呈する、と。では、いうところの「構造」とは具体的にどのようなものなのか。

二

『こゝろ』において第一に目につく特徴は、〈死屍累々の物語〉だという事実である。先生の両親（二人）の腸チフスによる病死、同じく先生の知己の死、静の父親の戦死、Kの自殺、静の母親の病死、明治天皇の崩御、乃木夫妻（二人）の殉死、先生の自殺、私の父親の瀕死、というように、瀕死も含めれば11人の死が描かれている。物語はおびただしい〈死の累積〉を描くことで、死が人間にとって不可避な事実であることを示す「構造」となっている。先生やKの自殺は、鮮烈な印象の事例だが、他の様々な死と併置されることで、特に孤立した事象ではないという蓋然性を帯びる。すなわち、先生の自殺もまた人間に不可避な多くの死のひとつに過ぎない、と。

第二の特徴は、作中の多くの死が、述語的統合の「構造」を隠しもっているということだ。その様々な「死」を「誰（主語）が死ぬ」というセンテンスに置き換えると、「誰が死ぬ」「誰が死ぬ」「誰が死ぬ」……というふうに「死ぬ」という述語の反復が主語の差異を希薄にし、「死」の同調性を前景化する。いわば先生の死も他の死と同調することでその特異性や突出感が弱められ、読者に受け入れやすいものとなる。

第三は、物語に登場する主な三人（K、先生、私）の人生行路が極めて類縁的《アナロジカル》に描かれていることだ。三人はともに故郷を棄て、東京で高等教育をうけ、社会の中心コード（立身出世）から疎外される。多少の差異はあっても、「自由と独立と己れとに充ちた現代に生れた」「犠牲」として「淋しみ」（上ノ14）を背負うこの三者は、社会の中心から疎外されるという同心円的な「構造」をもっている。そうした疎外が先生やKの自殺する直接の「理由」ではないにしても、近代化の〈裏面〉を象徴する典型的な存在にありがちな帰結として先生の自殺にも蓋然性が付与され、読者の受容しやすい素地を形成する。

第四は、『こゝろ』を構成する〈物語内物語〉が相同的《ホモロジカル》なプロットをもっていることだ。たとえば、前田氏は「羅生門」から次のようなプロットを抽出する。(4)

命題Ⅰ　下人は盗賊になる決断を留保する↓　命題Ⅱ　老婆の言動が下人の行動モデルとして機能する（決断の契機！）↓　命題Ⅲ　下人は盗賊になることを決断する

前田氏に倣って『こゝろ』を構成する〈物語内物語〉のプロットを抽出してみよう。

◆プロット(1)……命題Ⅰ　叔父の背信＝他者への信頼（恋愛）を留保（禁止）する↓　命題Ⅱ　Kの恋の告白が先生の告白モデルとして機能する（決断の契機！）↓　命題Ⅲ　先生は静の横奪を決断する

◆プロット(2)……命題Ⅰ　先生は自殺の決断を留保する（静の存在）↓　命題Ⅱ　乃木の

殉死やKの自殺が先生の行動モデルとして機能する（決断の契機！）↓命題Ⅲ　先生は自殺を決断する

◆プロット(3)……　命題Ⅰ　私は社会活動を留保する（先生に魅了され、かぶれる）↓命題Ⅱ　先生の遺書が私の行動〔逆〕モデルとして機能する（決断の契機！）↓命題Ⅲ　私は奥さんとの共生（手記の執筆）を決断する

つまり、『こゝろ』の物語を構成する小さな物語単位（物語内物語）のプロットは「留保↓行動モデル↓決断」というパターンであり、同類のプロットが重層的に束ねられて作品世界を形成している。こうした相同的なプロットの積み重ねによって、物語の流れを決定づける「構造」が醸成され、緊密さを高める。その流れや緊密さが読者の抵抗感や違和感を減却し、物語内容への同意を促し、先生の自殺の「唐突さ」を和らげる。

第五は、『こゝろ』における物語展開の連鎖性だ。〈死は死を呼ぶ〉もしくは〈死は繋がる〉という構図の提示による連鎖性の「構造」である。先生の自殺は、Kの自殺に漠たる刺激をうけつつ、明治天皇の崩御や乃木夫妻の殉死を契機として決断される。また、私の父も明治天皇の崩御や乃木の殉死に触発されて自身の死を覚悟する。その前には静の母の死も語られる。このような〈死〉に収斂してゆく連鎖性はそうした流れが不可逆であり、先生の自殺も避けがたいものだとの印象を与える。

第六は、『こゝろ』の物語内物語におけるストーリイの類似性の提示だ。たとえば、K・先生・私の三人について、最も簡素なストーリイを示せば以下のようになる。

(1) Kは、故郷を捨て、女（静）に迷い、遺書を書き、自殺する。
(2) 先生は、故郷を捨て、女を奪い、遺書を書き、自殺する。
(3) 私は、故郷を捨て、女を奪い、手記を書き、共生（自殺？）する。

(3)の「私」の末尾は不確定だが、ストーリイの型は(1)や(2)の場合と類似している。こうした類似性を重ねる「構造」は、修辞学における類義類積（シノニミー）が強意の効果をもたらすのと同様、『こゝろ』全体の意味作用を強める働きをもつ。ここでもまた、『こゝろ』の物語は読者に対する暗黙の説得力を発揮することになる。

まだ他に指摘できるかもしれないが、以上がひとまず『こゝろ』の物語を構成する「構造」の具体例である。同一とはいえないまでも類似した鎖の輪を繋げるような形で各パーツの「構造」が束ねられ、物語全体が構築されている。そして、そうした「構造」の積み重ねが『こゝろ』の総合的な訴求力となって読者を説得し、先生の「自殺」を承認させる潜勢力として機能する。漱石は、こうしたパラディグム的な「構造」の重層によって先生の「自殺」に対する共感を引き出し、読者がおのずと認知する方法を試みたと考えられる。

三

次に『こゝろ』の時間構造はどうか。すでに種々の言及があるが、「上」「中」「下」の「三つの部分」が「重層的な円環を描く時間の中で、相互に対話的にかかわっている」とした小森氏[5]の整理が要を得ている。ただし、その「重層的な円環を描く時間」が同一レベルの時間軸か否かは別問題で、後述のように「私」の領分と先生の領分には〈異質の時間〉が流れている。

まず物語の時間と流れを私見にそって整理してみる。周知の通り『こゝろ』は「上」「中」の「私」の語り（手記）が「下」の先生の遺書を引用する入れ子型の構造となっている。冒頭（上ノ1）では手記を書く「私」の「今」が数行で提示され、二人の鎌倉海岸での出会いから回想はスタートし、「上」から「中」へと進展してゆく。物語は「私」の日常的な時系列にそって、「私」と先生夫妻との交際や、「私」の大学卒業と帰省、「中」では帰省後の故郷での様子や父の病状などが語られ、末尾で先生の遺書を受け取った「私」が東京行きの列車に乗り、遺書を読み始める場面で「中」は終わる。この「私」の領分は、冒頭の数行を除けば、ひとまず時系列にそった継起的な時間軸のもとに展開されている。

一方、先生の遺書「下」の冒頭（下ノ1）は、帰省中の「私」と先生の手紙や電報のやりとりを語る近過去に始まり、次に遺書執筆中の「今」が語られ、続いて先生は「私の過去を物語りたいのです」（下ノ2）と述べ、一足飛びに両親の死という大過去へジャンプし、そこから現在へ遡及される。この大過去以後の挿話はおおむね時系列にそっており、高等学校時代や夏休みの帰省、叔父の背信、故郷との別れ、上京後の大学入学、戦争未亡人宅への転居などが語られる。やがてKが同居し、お嬢さんと二人の関係からKの自殺までが精細かつ長々と語られ、他方、先生の大学卒業や静との結婚は極めて簡略に語られる。続いて、再び近過去へと飛び、明治天皇の崩御や乃木の殉死が語られ、先生の自殺へと急展開する。先生の遺書（下）は全56回だが、その構成は以下の通りだ。まず前説的な部分が3回（下ノ1〜3）、叔父との関係が6回（下ノ4〜9）、未亡人（奥さん）やお嬢さんとの関連が9回（下ノ10〜18）、Kとの交流からKの自殺までが32回（下ノ19〜50）、静との結婚や静の母の死やKの死因の考察などが5回（下ノ51〜55）、先生の自殺の決意までが1回（下ノ56）である。Kの自殺までの経緯が遺書全体の過半を占める一方、先生の自殺の経緯はわずか1回、長短の差は極端に大きくいびつである。物語内容の重要度の偏差なのか、先生の語りは長短や粗密の差がきわめて大きく、時系列も不規則である。先生は「過去」を語り終えた後、自殺の決断を前にして次のように語っている。

記憶して下さい。私は斯んな風にして生きて来たのです。（下ノ55）

この訴えからすると、先生の内部を流れる時間は〈「記憶」の時間〉もしくは〈「記憶の強度」に支配される時間〉といってよい。

たとえば、先生の遺書は「私」宛ての書簡でありながら「私」との交流に関する言及がきわめて少ない。「現代の思想問題に就いて、よく私に議論を向けた事」（下ノ2）以下の数行、「造り付けの悪人が世の中にゐるものではないと云った事」（下ノ8）以下の数行、また「始めて貴方と鎌倉で会った時」や「一所に郊外を散歩した時」（下ノ55）以下の数行だけである。「下」から「私」との交流をめぐる言及すべてを抽出しても20行に満たない。その空白は、「私」の語る「上」や「中」の記述によって代替されているともいえるが、それは「私」側から見た二人の交流であって、先生側から見た交流ではない。つまり、二人の交流に対する相互の注目度には著しい落差があり、その内部を流れる時間も異質である。これは「私」の内部にある〈時系列にそった継起的な時間軸〉がまなざす光景と、先生の〈記憶の強度が支配する時間軸〉がまなざす光景とが、同じ時空間を共有していても別世界だったことを示している。つまり、両者は同一レベルの時間軸ではなく、「私」の領分と先生の領分は一見「対話的」に見えても、実は深い〈溝〉があるということだ。

事実、先生は遺書中で熱心に「私」に呼びかけつつも、実際は自身の「過去」を語ることに熱中している。「上」においても、先生は興奮すると「私」の存在を意識の圏外に押しやる。「恋は罪悪」と語る場面（上ノ13）では語気強く語って「私の言葉に耳を貸さなかった」し、田舎者は何故悪いのかと「追窮」する際（上ノ28）も「私に返事を考へさせる余裕さへ与へなかつた」し、「財産の事」を語る（上ノ30）と先生は「元より猶昂奮し」て我を忘れる。まして自殺を吐露する〈遺書〉とあれば、語りはさらに過去の「記憶」へ傾斜しやすく、日常的な時間軸から乖離しがちとなる。要するに、先生と「私」の二つの領分は、全く異質の時間軸を内部にはらむ物語なのだ。しかも、先生の「記憶」は、「上」の「私」の語りを食い破って間歇泉のように噴出し、先述の「上ノ13」「上ノ28」「上ノ30」をはじめ、興奮した先生の意識は一段と「過去」の「記憶」にのめり込む。すでに以前の拙稿(6)で述べたが、先生は通常「私」を「あなた」と呼ぶが、興奮すると、その呼称が突然「君」に変化する。上記の場面などで特に顕著なのだが、その際の先生は過去の「記憶」を生々しく蘇らせ、半ば青年時代に戻ったかのように、「私」をKと同様に「君」と呼びかける。この呼称の変化には別の問題もあるが、ここでは措く。

ところで、先生の遺書は、明らかに「私」という他者を読み手(受信者)とする。その一方、〈遺書〉というテキストは、自分の人生を振り返って総括するという特性を併せもつ。前掲の「記憶して下さい。私は斯んな風にして生きて来たのです。」(下ノ55)という訴えは、すでに完結した人生の軌跡、その過去が不可逆かつ変更不能だったと語ることで、他者はもちろん、自己をも得心させようとするものだ。つまり、「記憶」を時間軸とする遺書の語りとは、完結した過去を他者ばかりか自身をも聞き手とする語りなのだ。しかも、それは常に〈変更不能〉つまり「仕方がない」というコードに囲まれる。

ロイー・シェイファア(7)は次のように述べている。

自分自身についての物語を他者に語るとき、われわれは直線的な物語行為を行っている、とたいていの場合言うことができる。しかし、「われわれは自分自身についての物語を自分自身に対しても語る」と言うとき、われわれは一つの物語を、別の物語で囲んでいるのである。別の物語とは、何かを語りかける対象としての自己、すなわち自分自身でありながら同時に聴き手の役を果たす自己が存在する、という物語である。われわれが自分自身に対して他者に語る物語が、こうした別の自己を内容とするとき、たとえば、われわれが「私は自分自身を、思いのままにすることができない」と言うとき、われわれはまた、一つの物語を別の物語で囲んでいることになる。こう考えるならば、自己とは語りである。

「記憶して下さい。私は斯んな風にして生きて来たのです」という、先生の「過去」への振り返りは、〈私は避けられない道を歩んできた〉、つまりは「私は自分自身を、思いのままにすることができなかった」という弁明にほかならない。それは「仕方がない」というコードに則ったもう一つ「別の物語」、すなわち「先生の自殺は仕方がない」という物語に囲まれることだ。この「記憶」を軸とする時間構造は、先の物語構造とともに、先生の自殺を「仕方がない＝やむを得ない」結果として読者に働きかける力として機能する。

四

『こゝろ』の物語構造と時間構造はともに、それが「始めに自殺ありき」の物語であり、先生の自殺が「仕方がない」と感じられるべく機能している。「死んだ理由」の直接的な「説明」がないため、一見「自殺」が「不可解な短絡反応」や「唐突に見える」が、結局は「やむを得ない」自然な決断と感受できるように『こゝろ』は「構造化」されている。しかし、もう一つ謎がある。それは先生が自身の「自殺」をなぜか「殉死」と言いつのることだ。たとえば、Kの「死因」について先生が次のように述懐する一節がある。

私は寂寞でした。何処からも切り離されて世の中にたつた一人住んでゐるやうな気のした事も能くありました。

同時に私はKの死因を繰り返し〳〵考へたのです。其当座は頭がたゞ恋の一字で支配されてゐた所為でもありませうが、私の観察は寧ろ簡単でしかも直線的でした。Kは正しく失恋のために死んだものとすぐ極めてしまつたのです。しかし段々落ち付いた気分で、同じ現象に向つて見ると、さう容易くは解決が着かないやうに思はれて来ました。現実と理想の衝突、――それでもまだ不充分でした。私は仕舞にKが私のやうにたつた一人で淋しくつて仕方がなくなつた結果、急に所決したのではなからうかと疑がひ出しました。さうして又慄としたのです。私もKの歩いた路を、Kと、同じやうに辿つてゐるのだといふ予覚が、折々風のやうに私の胸を

横過り始めたからです。　（下ノ53）

「私もKの歩いた路を、Kと、同じやうに辿つてゐるのだといふ予覚」が「私の胸を横過り始めた」との文脈を一読すれば、Kが先生を〈約束された死〉へと導いた先行者であるかのように見える。だが、注意深く再読すると、先生は決してKに導かれた「路」を歩いたと語ってはいない。「Kと、同じやうに」「Kの歩いた路を」「辿つてゐる」、つまり二人は同じ出発点に立ち、同様の道を各々歩んだと語っているのだ。しかも、先生の述懐には微妙な〈転倒〉が潜んでいる。それは「Kが私のやうにたつた一人で淋しくつて（急に所決した）」とある部分だが、この言い分はいささか奇妙だろう。場面は「Kの死因」を「私」が「考へ」る箇所なので「Kが私のやうに（処決した）」とあっても一応不思議ではない。しかし、事実はKの「死」が先行しているわけだから、二人の「死因」が仮に同じだとしても、後発の先生は自身の「死因」を「私がKのやうにたつた一人で淋しくつて（所決した）」と語るべきだろう。つまり、自身の「死因」を「Kのやうに」と語るべき箇所を「Kが私のやうに」と主客転倒したところに、先生のひそかな〈矜持〉らしきものがかいま見える。先生は自身の死がKの後塵を拝するものでなく、「Kと、[8]同じやうに辿つてゐる」（読点に注意）と述べ、少なくともKと同等（以上）の死だと強調したがっているように見える。そして、この微妙な〈矜持〉こそ先生が自身の「自殺」をあえて「殉死」と言いつのる理由のひとつなのではあるまいか。「最も強く明治の影響を受けた」先生が「明治の精神」を体現する天皇の死に出会い。「生き残つてゐるのは」「必竟時勢遅れ」と感じたとき（下ノ55）、その脳裏にまず浮かんだのは「自由と独立と己れとに充ちた現代に生まれ」た代償としての「淋しみ」（上ノ14）だったであろう。だからこそ「たった一人で淋しくつて仕方がなくなった結果」「所決した」（下ノ53）と語ったのだ。それゆえ先生の「死因」を〈根源的な孤独〉とすることも可能だが、その「淋しみ」に発する「自殺」をなぜあえて「殉死」と言いつのるのか。

実際、先生は自殺の動機を「もし自分が殉死するならば、明治の精神に殉死するつもりだ」（下ノ56）と語っていた。「殉死」は、主君の死に殉じる家来の自死をさすが、その行為に個としての主体性や合理的な理由はなく、主の「死」にただ殉じるだけの行為だ。しかし、たとえ空疎な行為だとしても、その「殉死」だけが武士の〈忠〉を証する唯一の存在理由であり、かつそれしかない。たとえば乃木夫妻の殉死に触発された森鷗外の「興津彌五右衛門の遺書」も、作品の解釈は別としても、[9]現実に存在した主への「殉死」の意義を問う作品だった。一方、Kの自殺は、現実的な主《あるじ》の死に従う殉死ではなく、「精進」（下ノ41）や「覚悟」（下ノ42）の語に象徴される、自身の限界を自傷行為で確認せねば止まぬという、いわば希死願望に近い精神構造が招いた帰結だった。先生の自殺も、現実の明治天皇や乃木夫妻の死に対する追従ではなく、明治の「精神」への「殉死」であった。「明治」の終幕と同時に人生の幕を引いた先生の死は、いわば「明治」という「時代」の終焉をあらためて鮮明にするための切断だったと考えられる。というのも、一つの時代が具体的な形として可視化されるには、その時代に明確な終止符がうたれ、一幅の絵のようにフレーム（額縁）の中に定着されることが不可欠あり、それが時代精神の意味を問う一歩となるからだ。つまり、先生の死は「明治」を生きた代償としての「淋し」さを鮮明にする時代精神を前景化すること、それが心ならずも「明治」を無為に生きてきた先生の唯一の存在理由であり〈矜持〉なのだ。

「自由と独立と己れとに充ちた」「明治の精神」の本質は、逆説的だが、その近代的な成果を誇ることによってではなく、死のフレームワークが画する「淋し」さの形象化によって可視化される。その〈可視化〉に捧げる死だったからこそ先生は自殺を「殉死」と語ったのだ。「たつた一人」の「淋し」さを「予覚」し、〈約束された死〉を〈矜持〉をもって甘受するのは、時代の「精神」が常に切断のフレームワークによって隈取られることを知悉していたからだ。そのような時代精神に捧げられた先生の「不思議」で孤独な「殉死」は、合理的な言葉などで「説明」できるものではない。いうなれば、「あらざるをえない（当為＝ゾルレンとしての）」「死への欲望」を「明治の精神」に対する「殉死」として描くという難問のために、物語の意味を〈構造〉として開示する叙述の構築に全力が注がれたのである。「私は私の出来る限り此不思議な私といふものを、貴方に解らせるやうに、今迄の叙述で己れを尽した積です」という先生の述懐は、『こゝろ』という〈不思議〉なテクストを生成するための創作論理に対する自負を物語るものだった。

（1）『意識と自然（新装版）』（昭54・4、冬樹社）
（2）『小説家夏目漱石』（昭63・5、筑摩書房）
（3）『文学テクスト入門』第三章（昭63・3、筑摩書房）
（4）前掲（注3）参照。「羅生門」解釈は私見と異なるが、ここでは従っておく。
（5）「心を生成する『心臓《ハート》』」（「成城国文学」1、昭60・3）
（6）「変身、物語の母型――漱石『こゝろ』管見――」『文学における変身』（平4・12、笠間書院）所収
（7）「精神分析の対話における語り」（W．J．T・ミッチェル『物語について』昭62・8、平凡社、海老根宏ほか訳）所収
（8）生原稿に見える「Kと」に続く読点「、」は、初出・単行本・新版文庫本では削除されている。
（9）「興津彌五右衛門の遺書」の初稿と再稿は大きく異なる。前者では乃木の「殉死＝遺言」が直接的な影を落とすが、後者では殉死の歴史的与件にも目が届いている。「功利の念」で物事を見れば「世の中に貴き物は無くなる」との視点は、封建倫理への回帰というより、近代への警鐘であろう。

※〔追記〕本稿は、昨夏（2014・8）、キリスト教文学会九州支部夏季研修の大会での発表を全面的に改稿したものである。

漱石における〈文学の力〉とは何か

――その全作品を貫通するものをめぐって

佐藤泰正

一

漱石の作品にこもる発想、文体の力と言えば、『吾輩は猫である』と並行して書かれた『坊っちゃん』（明39・4）一篇にこそ見ることが出来よう。作品の舞台は松山ならぬ、何処でもよかったはずで、事実その生原稿を読めば分かるが、はじめは〈中国〉と書いて消し、〈四国〉と書いている。こうして実は舞台は何処でもよかったはずだが、漱石自身、明治二十八年から一年間勤めたこともあり、言わば勝手知ったる松山だということになったと言えよう。ならば真の舞台とは何処かと言えば、それはほかでもない、この『坊っちゃん』を書いていた時期の文明都市東京であり、さらに言えば勤めていた東京大学自体であろう。漱石の手紙を見れば、あの大学の持っているお屋敷風、御殿風な権威主義の塊のようなところが我慢ならず、堪らなかったと言う。漱石は講師でも下っ端だから、日頃は教授会にも出られない。そのくせ、手が足りないとなれば、英語入試の審査に出てくれと言われるから、上司に御免蒙りますと書面ではっきりと断っている。このような権威主義的な所をひどく嫌っていた。その溜りに溜まっていた憤懣をぶっつけたのが『坊っちゃん』で、実は漱石の孫の夫にあたる半藤一利は『昭和史』などの名著もある人だが、ある座談会の中で、「いやー、僕の考えですが松山は仮の舞台で、本当は東大の中の権威主義的なものに憤懣をぶっつけたんです」と力強く語っている。これは見事な理解で、相手のすぐれた漱石研究者たちも深くうなずいていた所である。やがて一年後には東大教師をやめて朝日新聞社に入社。新聞小説の作者となった。漱石の、思い切った転身への契機の何たるかをあざやかに伝えるものであろう。

　現代小説の中のすぐれた作家古井由吉さんが梅光学院大学の講座論集の「漱石を読む」と題した一巻の冒頭のエッセイで、漱石の『こゝろ』は構成上の欠陥も色々見えるが、作品に声を聞けば、これは告白小説として稀代の名作だと語っている言葉が思い出される。まさに〈作品の声に開く〉ことこそ肝要であり、特に漱石の作品を読めば、聞こえて来るのはまさしく背後に立つ作家漱石の熱い言葉の響きであろう。さらにこれと一体のものとしては、あの処女作『吾輩は猫である』下巻の序で、「『猫』の甕へ落ちる時分」の漱石先生はもはや教師ではないと言い、「世の中は猫の目玉の様にぐる〳〵廻転してゐる」が、「只長へに変らぬものは甕の中の猫の中の目玉の中の瞳だけである」と言う時、すでに新聞小説の作家として踏み出さんとする漱石の並ならぬ覚悟のほどが見えて来よう。これこそは以後の作家漱石を貫く不退転の覚悟を示すものだが、同時にこれはすでに新聞小説以前の初期作品の一群を貫くものであり、これは『坊つちゃん』に続く『草枕』『二百十日』さらに教師時代の最終作品『野分』などにもはっきり読み取ることが出来よう。

二

さて『草枕』（明39・9）と言えば、これを最も愛読したひとりに二十世紀を代表するカナダのピアニスト、グレン・グールドがいる。彼はこれを奏楽でいうホモフォニー（単声）ならぬ、ポリフォニー（多声）の見事な表現として読んでいる。『草枕』の語り手画工の語る所は、まさにこのポリフォニーの表現の魅力にあろう。彼の枕頭の書と言われるのは、幼い時両親から貰った聖書の一巻と、もう一つはアラン・ターニーという日本の清泉女子大に長く勤めていたひとの記した『草枕』の英訳本で、実は小生も人を介してアラン・ターニーさんからこの本を貰ったが、英語の力の不足する自分には読み切れず、これを私共の大学（梅光学院大学）のアメリカ人の女性教師の方に読んで戴くと、やはりすばらしい本ですよと言われたことを覚えている。『草枕』の語り手の画工は俗人情ならぬ〈非人情〉の旅を続け、彼の感覚は自在に動き、例えば雲雀の声を聴いても、空気が蚤《のみ》に刺されて、いたたまれないような気がしてうるさいと言うかと思えば、あれは魂全体が鳴くのだ、あの一心不乱の声はすばらしいとも言う。一事が万事、彼の感覚は自在にはたらく。この展開はまさに見事だが、その旅先で那美さん（志保田那美）と呼ぶ美女に出会い、心魅かれる。こうしてこの女の自在なふるまいの魅力にひかれるが、一面私を絵にしてくれと言われ、このままでは絵にならぬと苦しむ。この画工の眼は自然を映し、人生を語り、また女性の魅力をたたえて自在に動く。その意識のはたらきは洵に自在で、まさにポリフォニーな語りの魅力を示す。これは初期作品のひとつとしても圧倒的な魅力を示すかと見え、背後の作者漱石はこれを自負して弟子たちに、とにかく俺の今書いたあの『草枕』は「天地開闢以来類のないもの」（明39・8・28小宮豊隆宛）とか、「最珍作」（同8・31）などと言い、またこんな「美を生命とする俳句的小説」が日本で出来るとすれば、「小説界に於ける新らしい運動が、日本から起つたといへるのだ」（「余が『草枕』」明39・11）などと語っている。いかにも自負心のあふれる言葉とも見えるが、やがてこの意識は逆転して次のような言葉となる。

「御前が馬鹿なら、私も馬鹿だ。馬鹿と馬鹿なら喧嘩だよ」「先づ当分は此うた丈うたつてゐます。小説にしたらホトヽギスへ上げます」（傍点筆者以下同）（明39・8・11高浜虚子宛）。この「小説にしたら」というのが、続く『野分』（明40・1）一篇であろう。だとすれば『草枕』までのものはすべて〈うた〉ということになるが、果たして漱石自身のこの意識の逆転は何を語るものであろうか。これを問えば、この漱石自体の意識の矛盾そのものの底に見える、漱石を貫く〈文学〉への根源的な意識の揺れであろう。敢て言えばそれがまた独自の〈文学の力〉を生み出すものとも言えるのではないか。

こうして愈々新聞小説の作家となる直前の、この『野分』一篇の語らんとするものは何か。これは漱石が深い親しみを持つ池辺三山の熱意に打たれて朝日新聞入社を決めたひと月前、明治四十年一月「ホトトギス」に書かれたものだが、冒頭に「白井道也は文学者である」と語り、「文学は人生其物である」と語る所にすでに主人公白井と一体となった漱石の声が響いて来よう。これは彼を慕う二人の弟子との交錯をめぐって語られているが、白井道也が野分の風の中で、会場の講壇に立って若者達に呼びかける次の言葉にこそ、その核心は見えて来よう。白井道也は語る。

「明治四十年の日月は、明治開化の初期である。」「則とるに足るべき過去は何もない。明治の四十年は先例のない四十年である。」この「先例のない社会に生れたものは、自から先例を作らねばならぬ」、「此自由を如何に使ひこなすかは諸君の権利であると同時に大なる責任である。」過去の西洋崇拝も国粋主義をも一切を捨てて、新たな未来を切りひらくべしと壇上に説く道也の奥には、間もなく新聞小説の作家として立つ漱石の裡にこもる、熱い覚悟の響きが聞こえて来よう。

さて、ここから愈々新聞小説の世界に入って行くことになる。

三

新聞小説の第一作は『虞美人草』（明40・6〜10）だが漱石はあとになって、ああいうものは二度と書かない、あれは本来の自分のものじゃないものを書いたと述べているが、新聞小説たる以上、読者を惹き付けるには通俗性も辞さないと思いつつ、又一面では朝日に入った時には『文芸の哲学的基礎』（明40・4〜6）という自分の文学観を披露し、そこでは人間の生命は意識の連続だが、人間がそこに求めるものは「真善美壮」とも言うべき深い価値観であり、新聞小説といえどもこれを読者は深い充足感として求めるであろう、と言う。そこで人物の構想としては、醒めた眼でこの時代の現実をみつめる甲野欽吾は、真の代表、またこの人生を真っ直ぐに生きようとする善の象徴としては宗近一、美の象徴としては宇野藤尾という風に書き分けているが、また一面、見逃せないのは小野清三という人物で、彼は貧しい生まれで身寄りもない。その彼を育ててくれたのが京都にいる漢学の井上孤堂という先生。その娘が小夜子で、いずれは彼女を貰ってくれという暗黙の了解があるが、彼はたまたま藤尾と知り合って魅かれ、父親の遺した財産でゆったりと暮らしている藤尾の家に婿入りすれば、学問好きな自分は学者としても立派に成功出来る。しかも美しく才気もあり、文学とか芸術もよく分かると、孤堂親子を捨てても藤尾の家に入りたいと念うが、これを知った宗近君に強くたしなめられてこれをあきらめ、彼に惹かれている藤尾を捨てることになる。こうして藤尾は満座の中で小野さんからも宗近君からも裏切られ、誇りを傷つけられて、毒を仰いで死ぬことになる。これはまさに勧善懲悪の語りとして書かれてはいるが、然しその終末、死んだ藤尾の姿はどうであろう。屏風を逆さに立てて藤尾の亡骸がそこに横たわっている。

「凡てが美くしい。美くしいもの、なかに横はる人の顔も美くしい。驕る眼は長へに閉ぢた。驕る眼を眠つた藤尾の眉は、額は、黒髪は、天女の如く美くしい」と言う。この矛盾は何であろう。藤尾の魅力に引かれた弟子たちに対し、「藤尾といふ女にそんな同情をもつてはいけない。あれは嫌な女だ。詩的であるが大人しくない。徳義心が欠乏した女である」、「だから決してあんな女をい、と思つちやいけない」などと小宮豊隆への書簡の中でも述べているが、詩趣を解し才気にはずむ藤尾を描く作者の筆はしばしば読者を魅了している。この矛盾は何であろう。作家の河野多恵子さんなどは、漱石は本当は藤尾が好きだったんだとズバリ言っている。このように作品の背後に見える作家の矛盾こそ、実はその表現、文体の中に見事に生きて来るものである。悪女仕立てに書きながら、最後はその奥の作家の深い声が聞こえて来る。いや、ここではその矛盾を充分知りながら、あえて藤尾の亡骸の美しさをかくも見事に書く所に漱石の矛盾を矛盾のままに、ただそれを超える作家本体の力も見えて来よう。「死は生よりも尊い」とは漱石のしばしば繰り返している言葉だが、この死によって生の矛盾や苦しみから解放された藤尾の姿にこそ、この作品の奥を貫く作家の本体も見えて来よう。「作品の声を聞け」と言うあの言葉はここでもまた生きて来よう。さらに小野清三の生き方の矛盾に若き日の漱石の出会った矛盾にふれるべきだが、もはやこれにふれる余裕はない。次に、漱石が新聞小説の意識がはたらき過ぎた、その反省的なる想いから一転して書いた次の『坑夫』(明41・1〜4)一篇を読んでみよう。

四

さて、『坑夫』をどう読むかと言えば、作家中村真一郎はこれを〈意識の流れ小説〉だと言い、ニューヨークタイムズでは英訳された『坑夫』をこれはまさに「ポストモダンのすごい小説だ」と言っている。まさに『虞美人草』的小説からの見事な反転、揺り返しの作品と見ることが出来よう。これは、荒井某という青年がこれから信州への旅を続ける旅費がないから、私が足尾銅山でしばらく坑夫をやっていたその体験が面白いから、これをそのまま先生の小説の材料にされればいいと言って語った、それを記述したものである。藤村の『春』の朝日への掲載の約束が遅れたので、急遽いくつかの作家の短篇で繋ぐことになるが、それもすぐには間に合わぬので何か書かねばならぬと漱石は思っていた所なので、この青年の残したことをそのまま語ってみようとしたのがこの『坑夫』一篇だが、漱石は語り手の主人公に次のように語らせている。

語り手は「小説の様に拵えたものぢやないから、小説の様に面白くはない。其の代り小説よりも神秘的である。凡て運命が脚色した自然の事実は、人間の構想で作り上げた小説よりも無法則である」と言い、最後には「自分が坑夫に就ての経験は是れ丈である。さうしてみんな事実である。其の証拠には小説になつてゐないんでも分る」と言い、これで小説を締め括っているので、当時の読者を唖然とさせたものとも見える。ここで漱石は人間に纏まったキャラクターなんてものは無い、みんな無性格なのだ、ここで語らせた根底にあるものは自分の〈無性格論〉だと述べている。あの『野分』一篇が、人間は主体的であれという〈人格〉論で貫かれた求心的なものだとすれば、『坑夫』一篇は逆に徹底した遠心論で貫かれているもので、ここでも作品の背後に揺れ動く漱石の絶えざる矛盾の意識の反転は明らかであろう。こうして新聞小説の読者一般が眼を離したともみえるこの『坑夫』一篇からさらに翻って書かれたのが『三四郎』（明41・9〜12）であろう。

ここで再び時代の何たるかに立ち向かい、日露戦後の時代の「新しい空気」を描こうとする漱石の文明批判の意図は明らかだが、すぐれた主体性を持たぬ主人公の三四郎ではどうにもならず、主題はおのずから拡がって三四郎と美禰子のラブ・ストーリーという形で展開することになる。こうして展開はおのずから三四郎をとらえる美禰子の魅力の描写に傾くが、漱石はここで、自分の関心のある女性における〈無意識なる偽善家《アンコンシャス・ヒポクリット》〉の姿を描きとってみたかったと述べている。ここでヒロインとしての美禰子という存在の揺れ動く姿は見事に書かれているが、最後の三四郎との別れの場面で、教会の礼拝が終って出て来た彼女が、三四郎に向かってそれとなく呟く聖書の一句は最も注目すべき所であろう。

「われは我が愆を知る。我が罪は常に我が前にあり」と美禰子は呟く。これは聖書の旧約詩篇五十篇三節の、ダビデの罪の告白の一節である。漱石は心の底では深く〈神〉の存在、〈神〉の問いかけを意識しながら、聖書の言葉には殆どふれていないが、これは美禰子の存在の奥にあるものの根源的な響きを伝えるものでもあろう。常に矛盾に苦しみ続ける人間存在の奥にあるものをみつめる漱石独自の宗教性の一端を、これは伝えるものであろう。

ここで再び三四郎に目を向ければ、背後の作者漱石の熱い意識の響きは、あの三四郎が熊本から上京する途中車中で出会った広田先生の言葉に聴き取れるであろう。日本人は日露戦争に勝ったなんて偉そうなことを言っているが駄目だと言う。でもだんだんよくなるでしょうと三四郎が言うと、にべもなく「亡びるね」と言う。君は憧れているね、東京に。確かに熊本より東京より日本は広い。然しその日本より君の頭の中はもっと広いだろう。囚はれちゃ駄目だ。「贔屓の引き倒しになる許りだ」と言う。ここで三四郎の眼はひらくが、この、分身とも言うべき広田先生に語らせる言葉の奥に響くものこそ、時代をみつめる背後の漱石自身の熱い声であろう。然しこの時代に対して主体的であれという広田先生の言葉は、三四郎の中では徹底しえない。こうしてこの課題から反転して描かれたのがまさに次作『それから』（明42・6〜明43・1）の一篇であろう。

さて『それから』の主人公代助と言えば、彼は「高等遊民的」存在であり、「肉体に誇りを置く人」、また「生きたがる男」で、新しい時代を生き抜こうとする。たとえば代助に説教する親父さんの頭の上に「誠者天之道也」という額が掛けてある。代助はこの文句が気に食わない。「誠は天の道なり」のあとへ、「人の道にあらず」と附け加えたい気がすると言う。何が誠だ。そんな観念的な説教より社会的な事実、人間が生きる事実、それが一番大事なことなんだ。自分を偽ることは一切駄目なんだ。あるがままに自分の思う通りに生きる。それでいいのだという考え方。そういう世代が出て来たのだが、彼は「最後に、妙な運命に陥る」。「それからさき何うなるかは書いてない」と漱石は述べているが、『三四郎』などとは違い、きっぱりと主人公の矛盾の果ての悲劇的結末を見定めつつ、その先は書いてないとは、漱石のどういう意図を含むのか。これはこの作品にこもる漱石自体の人生の矛盾に対する熱い問いでもあろう。

友人平岡にゆずって人妻となった三千代という女性への愛に再び堪えられず、三千代と結ばれようとするが断られ、これを人妻への姦通だと知った父親からは勘当され、父の財産で〈高等遊民〉たる生活を過ごしていた彼はもはやそれもならず、職業を探しに行って来ますと街に飛び出て電車に乗ると、すべてのものが真赤になって、自分の眼に飛び込んでくる。頭が焼き尽きるまで追って行く他はないという所で、プッツリと小説は切れる。こんな小説の切り方は無いので、当時の人はさぞかし驚いたことと思うが、この結末の語る所について、「あの結末は本当は宗教に持って行くべきだろうが、今の俺がそれをするとうそになる。ああするより外なかった」と弟子のひとり（林原耕三）に語った回想は頷くべきものがあろう。こうして来たるべき「落魄」の予感におののく代助の前にあらわれる結婚を約束した三千代の姿は「微笑と光輝とに満ちてゐた。春風はゆたかに彼女の眉を吹いた」という。それはあたかも無垢なる自然の最後の輝きとさえみえるが、すでに彼女の神経が苦悩のためにいたく冒されていたことを代助は知らぬ。三千代は代助にとって最後の他者たりえたはずだが、ついにそうではない。こうして三千代の死を予感しつつも、会うこともどうすることもできず、夜の町を彷徨する代助の焦燥を描いて、作者は「代助は恐ろしさの余り駆け出し」「駆けながら猶恐ろしくな」り、「半ば夢中で」道端の石段に腰をおろし、ふと見上げれば、そこには「大きな黒い門があつた」、「代助は寺の入り口に休んでゐた」という。次作「門」については、「次の作品の題は任せる」と言われた弟子の森田草平と小宮豊隆のふたりが、ニイチエの『ツアラトウラストラ』の偶然ひらいた頁の一語を取ったものだと言われるが、この「門」という題名の予告を紙上に見た作者漱石に、ひそかに頷くものがなかったわけはあるまい。

五

さて、この作品『門』（明43・3〜6）の語らんとする所は何か。これは『三四郎』『それから』までの文明批判の眼からは一転して、この風土の特性、その空間と時間の中を対自ならぬ即自的存在として生き抜こうとするひと組の男女、その深い抱合の世界、和合同棲の世界を夢のように書いてみせているが、同時に作者の眼はこの二人がその罪の不安からひとつ超えて行ける道は何処にあるのかと問いかけている。主人公の宗助は友人安井が妹だと言って同棲している御米と出会い、安井が出かけた間に二人は惹き寄せられて結ばれる。そのままでは済まないので六、七年の間、二人は田舎の方に行き、やっと東京に帰って宗助はしがない下っ端御役人生活をする。安井は満州の方へ行っていたが、崖下にひっそりと棲む彼等の、その崖上の家主さんに、安井がその弟さんと一緒に帰って来るから紹介すると言われ、これはもっと心を太くしておかないといけないということで、宗助は御米にちょっと心と体の疲れを休めに静養して来ると言って禅寺に行くが、座禅を組みながら、突きつけられた公案のひとつも解けず、元の黙阿弥で帰って来る。そうしてやがて冬も過ぎ春が来ると御米が「もうやがて春ですね」と言うと、宗助は俯いて、「うん、しかしまたじき冬になるよ」という所で終っている。

この二人の淡々とした生活ぶりを「暗い社会」の存在を忘れた〈抱合〉の深さとして見事に語っ

てはいるが、その〈抱合〉の深さにもかかわらず、作品の語る所は存在の〈寒さ〉の感触であり、作者はその核なるものを「人に見えない結核性の恐ろしいもの」と呼ぶ。しかも二人はこの不気味なるものの裡なる存在を自覚しながら、わざと知らぬ顔に互いと向き合って」過して来たという。作者はさらに続いて「二人は兎角して会堂の腰掛《ベンチ》にも侍らず、寺院の門も潜らずに過ぎ」、「必竟するに、彼等の信仰は、神を得なかったため、仏に逢はなかったため、互いを目標として働き」「互いに抱き合つて、丸い円を描き始めた」と言う。ここで読者を注目させるのは宗助の姿を語っていう次の言葉であろう。「彼は門を通る人ではなかつた。又門を通らないで済む人でもなかつた。要するに彼は門の下に立ち竦んで、日の暮れるのを待つべき不幸な人であつた」。ここに人間と宗教の素朴な関係が語られ、ひとはその根源的な体験を通さずして眼をひらくことが出来るかということが問われる。これは漱石自身の問題でもあったが、事態は不意に予測もつかずやって来る。これが漱石におけるあの修善寺の大患であろう。

六

〈修善寺の大患〉とは漱石自身のまぬがれえなかった〈不測の変〉であり、思いがけざる事態は意識ならぬ肉体そのものにも起こった。『門』の脱稿後、胃潰瘍の疑いのため、ひと月ばかりの入院後、転地療養のため伊豆の修善寺温泉の宿で過ごしていたが、この年（明43）の八月二十四日、大吐血のあと人事不省となり、一時は危篤を告げられた。この時の体験を自分は全部覚えていると思っていたが、妻からあなたは金盥一杯の血を吐いて三十分間完全に死んでいた、意識を失っていたと言われ愕然とする。この体験を漱石自身は次のように語っている。「俄然として死し、俄然として吾に還るものは、否、吾に還つたのだと、人から云ひ聞かさるゝものは、たゞ寒くなる許である。」。彼は生き還ったことを神の恵みなどとは言わず、ただ〈神遠き思いあり〉と語っている。

漱石は人間の命とは意識の連続だ、それ以外の何物でもないと言う。まさにデカルトの言うあの〈我思う故に我有り〉の一句につながるものであろう。然し今その意識さえもが勝手に消え、また勝手に覚めた。こうして最後のものと思った意識さえ自分のものではないと知った時、人間の存在の根拠とは何かと思えば、何も無い。ただ寒くなる。魂が凍りつくような寒さだという。こうして漱石は人間としての〈存在の寒さ〉を抱え乍ら、再び作家生活に戻って行くが、その決意の何たるかを語るものは、この療養期に書いた漢詩中の、あの〈帰来命根を覓《もと》む〉の一句であろう。この一句こそ、病後の再起を目指す漱石の並ならぬ決意のほどを示すものであり、以後の後期文学のすべてを貫く力となるものであろう。この覚悟の並ならぬ勁さは、翌年の正月東京の病院に帰った時、病院の院長も、ウイリアム・ジェイムズという病中に愛読したアメリカのすぐれた哲学者、心理学者も死んでいたことを知り、自分だけはこうして生き還ったことを知りつつ正月をめでたく迎えたことを喜ぶとは言わず、正月の祝いの雑煮を口にくわえてグイと喰いちぎったなどと語っている所にも、作家漱石の覚悟のしたたかさを見ることが出来よう。

さて、此処で愈々後期文学に移ることになるがもはや紙数も乏しく、要点のみをあげることでお許し戴きたい。漱石後期の三部作『彼岸過迄』(明45・1〜4)『行人』(大1・12〜2・11)『こゝろ』(大3・4〜8)を貫くものは何か。どの主人公も徹底した内向的人物であり、わけても『行人』の長野一郎が、妻のお直が弟の二郎を愛していると思い、その心を探ろうとして苦労する所が中心だが、その苦しみの姿を、「血と涙で書かれた宗教の二字が、最後の手段として、躍り叫んでゐる」のではないかと友人のHさんは言うが、一郎自身は逆に「僕が難有いと思ふ刹那の顔、即ち神ぢやないか。山でも川でも海でも、僕が崇高だと感ずる瞬間の自然、取も直さず神ぢやないか。其外に何んな神がある」と言う。これは彼を支える〈独我論〉の極みを訴えるものだが、その矛盾を語る背後の作家漱石そのものの声は熱い。これはまた続く『こゝろ』一篇にあっても同様である。先生の語る切実な告白は神ならぬ他者の魂にひびき、「インプレッス出来れば、その罪は消える」という言葉も、『こゝろ』執筆にかかるわずか前の『模倣と独立』(大2・12・12)と題した母校第一高等学校の学生に与えた講演の語る所だが、その言葉通り先生は自分のこのKを裏切って自殺させてしまった罪の一切を遺書として語り、この告白が君の心の中に生きれば(インプレッス出来れば)自分は死んでもいいんだと語っている。しかし、ここでも漱石は告白と言いつつ、いまだ〈神〉という言葉にはふれていない。

七

そこで最後に漱石の存在を貫く根源なるもの、その〈ひらかれた宗教観〉ともいうべきものの核心にふれてみねばなるまい。先ず漱石における〈神〉と言えば、我々の心を搏つのは、あの『文学論』（明40・5）中の「神は人間の原形なりと云ふ聖書の言は却つて人間は神の原形なりと改むべきなり」という言葉であろう。然しここに見るべきは、神の存在の否定ならぬ、この背後にひびく作家の凛たる覚悟の声であろう。この矛盾に満ちた人生をいかに生き抜くか。神の審きとか、救済という安易な概念は持ち出さず、人間の確たる意識そのものの力によって、いかに生き抜くかという覚悟であろう。こうして彼は安易に〈神〉という言葉や概念を持ち出そうとはしない。然しこのような漱石の眼をひらいたものこそ、あの自伝的作品『道草』（大4・2〜6）の一篇に見る所であろう。「彼は神といふ言葉が嫌であつた。然し其時の彼の心にはたしかに神といふ言葉が出た。さうして若し其神が神の眼で自分の一生を通して見たならば、此強慾な老人の一生と大した変りはないかも知れないといふ気が強くした」（第48節）という。周知の主人公の健三が繰り返し金の無心に来る養父であった島田老人の哀れな姿に、「斯うして老いた」が、自分はどうであろうと思う場面である。

この時思わずして不意なる光が彼の心をひらく。斯うして思わず〈神〉という言葉が出た。その〈神〉の眼で見れば、この強欲な老人も自分も変りはないのではないかという。これはあの北村透谷が『内部生命論』（明26・5）で語った〈瞬間の冥契〉につながるものではないか。神との〈瞬間の冥契〉

によって再造された心の眼をもって見る時、世界は一変して根源の真実をひらいてみせると透谷は言う。こうして次作『明暗』(大5・6〜12)における宗教性とは、まさにこの神の眼から問われれば、みな平等な存在だと作者は言う。ここに漱石の行きついた宗教性の何たるかを見るとは、筆者と対談した『漱石的主題』の中で吉本隆明の語る所だが、然しまた未完に終ったこの作品の目指す所は何であったか。

漱石は親しい若い禅僧(鬼村元成)への手紙の中で、「十月頃は小説も片づくかも知れませぬ」(大5・8・14)と語っているが、だとすればこのはじめの構想は何であったか。この作品の冒頭で津田にいう医師の「まだ奥があるんです」とは、また漱石のかかえた問いの深さでもあろう。あのV・H・ヴィルエルモの『私の見た漱石』の中に、「漱石の中にはキリスト教信仰のあらゆる要因がある」という指摘がある。いまひとつは作家古井由吉の吉本隆明との対談『漱石的時間の生命力』で語る、漱石が「一神教という存在の中にあったら、もっとあの資質は救われたんじゃないだろうか」「漱石という人の気韻、あるいは業の質みたいなものは、むしろキリスト教臭いものがあるという感じ」という指摘。これらの指摘はその作品の背後に見る真摯な宗教性の深さを共に語るものでもあり、その閉じられた幕を開いて見せたものと言えよう。これは漱石の生涯を貫くものが〈ひらかれた宗教性〉の世界であったという一事に尽きるものでもあり、これにふれずして漱石における〈神〉の何たるかを語ることは出来まい。

さらにこの〈ひらかれた宗教性〉の何たるかを示すものとしては、あのイギリスへの留学の途次の同行者芳賀矢一の『留学日記』に言う「夏目氏耶蘇宣教師と語り大に其鼻を挫く、愉快なり」の言葉通り、上海から乗り込んで来た英米人の宣教師一行との烈しい論戦が見られるが、この時期に書かれた英文「断片」にある、彼らもまた「偶像崇拝」ではないかと断じる漱石の背後の〈ひらかれた宗教観〉ともいうべきものが、最も端的に現れた言葉が次の一節ではあるまいか。

「私の宗教をして、すべての宗教をその超越的偉大さのなかに包含するようなものたらしめよ。私の神をして、あのなにもかであるところの無たらしめよ。私がそれを無と呼ぶのは、それが絶対であって、相対性もそのなかに含む名辞によって呼ぶことができないからだ。それはキリストでも聖霊でも他のなにものでもないもの、しかし同時にキリストであり聖霊でありすべてでもあるようなものである」（江藤淳訳）。このひらかれた宗教観が晩期まで一貫するものであることは、次の漢詩の一節にも明らかであろう。〈非耶非仏又非儒（耶に非ず仏に非ず又た儒に非ず）〉と起句に唱い、〈打殺神人亡影処／虚空歴歴現賢愚（神人を打殺して影亡き処／虚空歴歴として賢愚を現ず）〉（無題、大5・10・6）と結句にしるす所にも、そのすべては明らかであろう。この〈ひらかれた宗教観〉を晩期に至るまで、その根源より語らんとした所に、漱石の宗教的意向の何たるかが明らかに見えて来よう。

ここで漢詩の『明暗』との一体観を語るものとしては、しばしば引かれる次の一篇がある。

〈尋仙未向碧山行／住在人間足道情／明暗双双三万字／撫摩石印自由成〉（仙を尋ぬるも未だ碧山に向かって行かず／住みて人間に在りて道情足《おお》し／明暗双双三万字／石印を撫摩して自由に成る）

（大5・8・21）。ここで注目すべきは〈住みて人間《じんかん》に在りて道情足し〉の一節であろう。かつて弟子の和辻哲郎に宛てた手紙で（大2・10・5）、『行人』を書いていた頃のものだが、ここでは「私は道に入ろうと心掛けてゐます」と言い、『道草』の執筆直前の若い禅僧（鬼村元成）への手紙の中では「道に這入ることは出来ません」（大4・4）と語っている。一方、晩期の『明暗』執筆のさなかでは「私は五十になつて始めて道に志す事に気のついた愚物です」（大5・11・15）と、いまひとりの禅僧（富沢敬道）宛の手紙の中で述べている。この三者を並べて〈正、反、合〉ともいうべき心境の深まりを見て行けば、この言葉の変化は『明暗』一篇の背後に立つ漱石の作家としての心境の何たるかをあざやかに語るものであろう。「住みて人間に在りて道情足し」とはいかなる宗教的概念に堕するものでもなく、こうして渾身の力を込めて、〈人間《じんかん》〉の交わりの中を生き抜こうとする、この人生其物の孕む矛盾の根源の何たるかを問いつめんとする、作家究極の志向の何たるかに眼が開いたという言葉の、その背後の意識そのものを語るものではあるまいか。こうして〈明暗双双〉の一語に転じて、まさにこの言葉通り、明と暗、光と闇の二者交錯の人生の矛盾を問いつめんとする心境に至りついたと語っているのではあるまいか。

八

こうしてさらに問うべきは晩期の漱石が繰り返し語る〈則天去私〉の語らんとする〈天〉とは何

を指すかという所であろう。まず『明暗』作中に見ればどうか。「天がこんな人間になつて他《ひと》を厭がらせて遣れと僕に命ずるんだ」とは作中のドストエフスキーかぶれの小林の言う所であり、「他《ひと》の好意に感謝する事の出来ない」あなた方は、「人間らしく嬉しがる能力を、天から奪はれたと同様」と津田の妹のお秀は言い、この天に向かって反問するお延は、叔父（岡本）や叔母や従妹の継子の「彼等三人を無心に使嗾して、自分に当擦《あてこす》りを遣らせる天に向つて」は怒りの心情を「叩き付ける」「外に仕方がなかつた」と言う。こうして〈天〉が私にそう命ずると小林が言い、お延は〈天〉が彼等を「使嗾」すると言う。すでに語り手は小林やお延の直截な情念を通して〈天〉を相対化してみせる。こうして〈則天去私〉とは『明暗』を貫くひとつの基本的な概念とも見られているが、しかしその〈天〉も漱石晩期の作中では極めて恣意的であり、主人公たちの真の覚醒の契機たりうるものではない。これは前作『道草』にあっても、兄からゆずられたはずの時計を奪いとられ、この怒りは自分が許しても〈天〉は許さぬと健三に言わせ、健三自体の怒りをおさめるどころか、その怒りの情念を増幅させる即自の存在として語られている。こうして晩期の作品において〈天〉がすでに恣意なる多義性のなかに置かれているとすれば、『明暗』執筆の晩期に唱えた、その〈則天去私〉なる一語はいかなる意義を示すか。

先ず身近に聞いた漱石の言葉として紹介できる代表的な論は、娘婿でもある弟子の松岡譲の語る「宗教的問答」なる一文の中の言葉であろう。自分が此頃達したひとつの境地を「『則天去私』と自分ではよんで居るのだが」、これは「普通自分自分といふ所謂小我の私を去つて、もつと大きな謂わば普遍的な大我の命ずるまゝに自分をまかせるといつたやうな事」で、この眼でみれば「すべてが一視同仁だ」ということになると漱石は語る。さらにその前に語る所では、人々を驚かせた言葉として、たとえば「今ここで唐紙をひらいて、お父様おやすみなさいと言つて娘が顔をだすと、なんと無残やめつかちになって居たとする」、これは世間の親にとっては大変なことだが、「しかし今の僕なら、多分、あゝ、さうかといつて、それを平静に眺める事が出来るだろうと思ふ」という言葉が紹介されている。例の木曜会のその場にいた弟子たちは驚いて「そりや、先生、残酷ぢやありませんか」と言うと、漱石は「なほも静かに、『凡そ真理といふものはみんな残酷なものだよ』」と答える。これはしばしば引かれる興味ある場面だが、漱石の言葉にこもるものは「小我」ならぬ「大我」に立って、一切の人生の矛盾に驚くなという主体性の勁さを語っているわけで、この〈大我〉に立つということが果して〈則天去私〉なるものにつながるものであろうか。すでに『明暗』作中にも見た通り〈天〉とは所詮自我の主張を背後から支える力としては語られても、それ以上のものではない。ここには漱石が生の矛盾を最後まで問い続けて行こうとした真の〈文学の力〉を見ることが出来よう。こうして最後に問われるものは、作家漱石の裡にこもる真の力とは何かということだが、この松岡譲の木曜会一夜での最後の問いは次のような所で終っている。「先生は死んだらどうなるとお思ひですか」という問いに、漱石は次のように答える。「死後の生活といふやうな事は深く考へて居ない」、肉体は亡びるだろうが「しかし精神がそのまゝ一緒になくなるとは、どうしても感情上からも考へたくないね」、心霊学者などのように「霊がこの空中にふらついて」いると考えるのはどうかと思うが、「とにかく死んだら、その瞬間から一切の自分が何もかも無くなつていると考へられようかねー」と語る。

ここで一夜の語りは終るが、やはり一番心に深く残る漱石の言葉であろう。最後に自分は何故先生に「五十年の一生をもつて登りつめたその『則天去私』なる境地を先生の筆によって宣表し鮮明せしめなかつたかといふ事に、ある恐れをさへ感じてゐるのだ」と松岡譲は語っているが、これは矛盾であろう。我々がここで受けとめるべきは、死によって、この人生の何たるかを問いつめんとする自分の意識も何もかも消え去るとは思いたくないという言葉にこもる、漱石内面の核心とも言うべきものの何たるかを問いつめる所にこそ、漱石の遺した〈文学の力〉そのものを受けとめる我々自身の力もまた生まれて来るのではあるまいか。

（付記――この一文の最後の、漱石晩期の木曜会における言葉の引用は、すでに『文学の力とは何か』〈翰林書房　二〇一五年〉と題した新刊書の巻頭の「漱石における文学の力とは何か」の一文の末尾に揚げた部分と一致するが、これは漱石の文学を貫く核心とも言うべき部分なので、敢て採録したことをご諒承戴きたい。）

あとがき

梅光学院大学公開講座論集「漱石における〈文学の力〉とは」をこのように刊行できましたことを感謝いたします。本来なら、佐藤泰正先生が、執筆されたそれぞれのご論考に対するコメントを付した「あとがき」を執筆されるところですが、周知のようにそれは叶わぬことになりました。

昨年、二〇一五年十一月三十日、佐藤泰正先生は心臓疾患によりこの世を去られました。四日前の十一月二十六日、九十八歳の誕生日を迎えられたばかりでした。先生ご自身も私どもも、まだまだ精力的にお仕事を続けていかれると信じていましたので、突然の出来事に言葉を失いました。

しかし、生涯現役で文学研究の道を歩み続けられ、〈宗教と文学の相関〉をはじめ、新しい領域を次々と切り拓き、その成果を大学のみならず、広く地域社会へ、また、全国へ発信されたご生涯が、文学と教育に殉じた幸せなものであったことは、残された者にとって深い慰めです。この書物を手に取られた方々が、先生の文学への熱い思いを改めて感受して下されば幸いです。特に、先生の手による「漱石における〈文学の力〉とは」は、文字通りの遺稿であり、その漱石観、また人間観の根幹が浮かびあがってくる内容となっています。

笠間書院の手厚いご配慮のもと出版を重ねて来たこの論集も、一九七七年（昭和五十二年）十月の第1集「文学における笑い」以来、今回で64集を数えることとなりました。今回は、ご多忙の中を、佐藤先生の申し出を快諾された、小森陽一、姜尚中、石原千秋、神山睦美、清水孝純、石井和夫、望月俊孝の諸氏のご論考に加え、学内から浅野洋、中野新治も参加し、質量ともに充実した一巻となりました。漱石文学を通していかなる〈文学の力〉が伝えられたのか、をお読み取り下されば幸いです。

中野新治

（二〇一六年二月四日）

執筆者プロフィール

石 井 和 夫　（いしい・かずお）

1947 年生。福岡女子短期大学特任教授。著書に『スピリット夏目漱石』（有精堂）、『漱石と次代の青年』（有朋堂）、『風呂で読む漱石の俳句』（世界思想社）など。

望 月 俊 孝　（もちづき・としたか）

1960 年生。福岡女子大学教授。著書に『漱石とカントの反転光学—行人・道草・明暗双双』（九州大学出版会）、『物にして言葉—カントの世界反転光学』（同）など。

中 野 新 治　（なかの・しんじ）

1947 年生。梅光学院大学教授。著書に『宮沢賢治・童話の読解』（翰林書房）、共著に『近代日本と北村透谷』（翰林書房）、『キリスト教文学を読む人のために』（世界思想社）など。

浅 野 　 洋　（あさの・よう）

1947 年生。梅光学院大学特任教授。著者に『小説の〈顔〉』（翰林書房）、編著・共著に『芥川龍之介を学ぶ人のために』（世界思想社）、『二十世紀の旗手・太宰治』（和泉書院）、『森鷗外を学ぶ人のために』（世界思想社）、『太宰治はがき抄』（翰林書房）など。

小 森 陽 一 (こもり・よういち)

1953年生。東京大学教授。著書に『漱石論— 21世紀を生き抜くために』(岩波書店)、『死者の声、生者の言葉—文学で問う原発の日本』(新日本出版社)、共著に『夏目漱石『こころ』をどう読むか』(河出書房新社) など。

石 原 千 秋 (いしはら・ちあき)

1955年生。早稲田大学教授。著書に『漱石入門』(河出文庫)、『『こころ』で読みなおす漱石文学』(朝日文庫)、『夏目漱石『こころ』をどう読むか』(責任編集、河出書房新社) など。

姜 尚 中 (カン・サンジュン)

1950年生。東京大学名誉教授。著書に『漱石のことば』(集英社新書)、『姜尚中と読む夏目漱石』(岩波ジュニア新書)、共著に『世界「最終」戦争論—近代の終焉を超えて』(集英社) など。

神 山 睦 美 (かみやま・むつみ)

1947年生。文芸評論家。著書に『夏目漱石論—序説』(国文社)、『吉本隆明論考』(思潮社)、『思考を鍛える論文入門』(ちくま新書)、『漱石の俳句・漢詩』(笠間書院)、『小林秀雄の昭和』(思潮社)、『サクリファイス』(響文社) など。

清 水 孝 純 (しみず・たかよし)

1930年生。九州大学名誉教授。著書に『ドストエフスキー・ノート 「罪と罰」の世界』(九州大学出版会)、『漱石その反オイディプス的世界』(翰林書房)、『ルネッサンスの文学』(講談社学術文庫)『「白痴」を読む』(九大出版会) など多数。

漱石における〈文学の力〉とは

梅光学院大学公開講座論集　第64集

2016年12月25日　初版第1刷発行

佐藤泰正

1917年生、2015年没。梅光学院大学客員教授。文学博士。著書に『日本近代詩とキリスト教』(新教出版社)、『夏目漱石論』(筑摩書房)、『佐藤泰正著作集』全13巻（翰林書房)、『中原中也という場所』（思潮社)、『これが漱石だ。』（櫻の森通信社)、『文学の力とは何か　漱石・透谷・賢治ほかにふれつつ』(翰林書房)、共著に、佐藤泰正・山城むつみ『文学は〈人間学〉だ。』（笠間書院）ほか。

編者

笠間書院装丁室

装丁

モリモト印刷

印刷／製本

有限会社　笠間書院
〒101-0064　東京都千代田区猿楽町2-2-3
Tel 03-3295-1331 Fax 03-3294-0996

発行所

ISBN 978-4-305-60265-7 C0395 NDC分類：910.2

1

文学における笑い

古代文学と笑い━山路平四郎　今昔物語集の笑い━宮田尚　芭蕉俳諧における「笑い」━復本一郎　「猫」の笑いとその背後にあるもの━佐藤泰正　椎名文学における〈笑い〉と〈ユーモア〉━宮野光男　天上の笑いと地獄の笑い━安森敏隆　中国古典に見る笑い━白木進　シェイクスピアと笑い━後藤武士　風刺と笑い━奥山康治　現代アメリカ文学におけるユダヤ人の歪んだ笑い━　今井夏彦

60214-8
品　切

2

文学における故郷

民族の魂の故郷━国分直一　古代文学における故郷━岡田喜久男　源氏物語における望郷の歌━武原弘　近代芸術における故郷━磯田光一　近代詩と〈故郷〉━佐藤泰正　文学における故郷の問題━早川雅之　〈故郷〉への想像力━武田友寿　椎名文学における〈故郷〉━宮野光男　民族の中のことば━岡野信子　英語のふるさと━田中美輝夫

60215-6
1000円

3

文学における夢

先史古代人の夢━国分直一　夢よりもはかなき━森田兼吉　夢幻能に見る人間の運命━池田富蔵　「今昔物語集」の夢━高橋貢　伴善男の夢━宮田尚　〈夢〉━佐藤泰正　夢と文学━饗庭孝男　寺山修司における〈地獄〉の夢━安森敏隆　夢と幻視の原点━水田巌　エズラ・パウンドの夢の歌━佐藤幸夫　キャサリン・マンスフィールドと「子供の夢」━吉津成久

50189-9
品　切

4

日本人の表現

和歌における即物的表現と即心的表現━山路平四郎　王朝物語の色彩表現━伊原昭　「罪と罰」雑感━桶谷秀昭　漱石の表現技法と英文学━矢本貞幹　芥川の「手巾」に見られる日本人の表現━向山義彦　『文章読本』管見━常岡晃　九州弁の表現法━藤原与一　英語と日本語の表現構造━村田忠男　日本人の音楽における特性━中山敦

50190-2
1000円

ISBNは頭に978-4-305を付けご利用ください。

佐藤泰正編　笠間書院ライブラリー◆梅光学院公開講座

5

文学における宗教

旧約聖書における文学と宗教━関根正雄　キリスト教と文学の接点━大塚野百合　エミリー・ブロンテの信仰━宮川下枝　セアラの愛━宮野祥子　ヘミングウェイと聖書的人間像━樋口日出雄　ジョルジュ・ベルナース論━上総英郎　ポール・クローデルのみた日本の心━石進　『風立ちぬ』の世界━佐藤泰正　椎名麟三とキリスト教━宮野光男　塚本邦雄における〈神〉の位相━安森敏隆

50191-0
1000円

6

文学における時間

先史古代社会における時間━国分直一　古代文学における時間━岡田喜久男　漱石における時間━佐藤泰正　戦後小説の時間━利沢行夫　椎名文学における〈時間〉━宮野光男　文学における瞬間と持続━山形和美　十九世紀イギリス文学における「時間」━藤田清次　英語時制の問題点━加島康司　ヨハネ福音書における「時」━峠口新

50192-9
1000円

7

文学における自然

源氏物語の自然━武原弘　源俊頼の自然詠について━関根慶子　透谷における「自然」━平岡敏夫　漱石における〈自然〉━佐藤泰正　中国文学に於ける自然観━今浜通隆　ワーズワス・自然・パストラル━野中涼　アメリカ文学と自然━東山正芳　ヨーロッパ近代演劇と自然主義━徳永哲　イプセン作「テーリエ・ヴィーゲン」の海━中村都史子

50193-7
1000円

8

文学における風俗

倭人の風俗━国分直一　『今昔物語集』の受領たち━宮田尚　浮世草子と風俗━渡辺憲司　椎名文学における〈風俗〉━宮野光男　藤村と芥川の風俗意識に見られる近代日本文学の歩み━向山義彦　文学の「場」としての風俗━磯田光一　現代アメリカ文学における風俗━今井夏彦　風俗への挨拶━新谷敬三郎　哲学と昔話━荒木正見　ことばと風俗━村田忠男

50194-5
1000円

ISBNは頭に978-4-305を付けご利用ください。

9

文学における空間

魏志倭人伝の方位観━国分直一　はるかな空間への憧憬と詠歌━岩崎禮太郎　漱石における空間―序説━佐藤泰正　文学空間としての北海道━小笠原克　文学における空間━矢本貞幹　ヨーロッパ近代以降の戯曲空間と「生」━徳永哲　W・B・イェイツの幻視空間━星野徹　言語における空間━岡野信子　ボルノーの空間論━森田美千代　聖書の解釈について━岡山好江

50195-3
品　切

10

方法としての詩歌

源氏物語の和歌について━武原弘　近代短歌の方法意識━前田透　方法としての近代歌集━佐佐木幸綱　宮沢賢治―その挽歌をどう読むか━佐藤泰正　詩の構造分析━関根英二　『水葬物語』論━安森敏隆　私の方法━谷川俊太郎　シェイクスピアと詩━後藤武士　方法としての詩―W・C・ウィリアムズの作品に即して━徳永暢三　日英比較詩法━樋口日出雄　北欧の四季の歌━中村都史子

50196-1
1000円

11

語りとは何か

「語り」の内面━武田勝彦　異常な語り━荒木正見　『谷の影』における素材と語り━徳永哲　ヘミングウェイと語り━樋口日出雄　『フンボルトの贈物』━今石正人　『古事記』における物語と歌謡━岡田喜久男　語りとは何か━藤井貞和　日記文学における語りの性格━森田兼吉　〈語り〉の転移━佐藤泰正

50197-4
1000円

12

ことばの諸相

ロブ・グリエ「浜辺」から━関根英二　俳句・短歌・詩における〈私〉の問題━北川透　イディオットの言語━赤祖父哲二　『源氏物語』の英訳をめぐって━井上英明　ボルノーの言語論━森田美千代　英文法━加島康司　英語変形文法入門━本橋辰至　「比較級＋than構造」と否定副詞━福島一人　現時点でみる国内国外における日本語教育の種々相━白木進　仮名と漢字━平井秀文

50198-8
1100円

ISBNは頭に978-4-305を付けご利用ください。

佐藤泰正編　笠間書院ライブラリー◆梅光学院公開講座

13
文学における父と子

家族をめぐる問題━国分直一　孝と不幸との間━宮田尚　俊成と定家━岩崎禮太郎　浮世草子の破家者達━渡辺憲司　明治の〈二代目たち〉の苦闘━中野新治　ジョバンニの父とはなにか━吉本隆明　子の世代の自己形成━吉津成久　父を探すヤペテ＝スティーヴン━鈴木幸夫　S・アンダスン文学における父の意義━小園敏幸　ユダヤ人における父と子の絆━今井夏彦

50199-6
1000円

14
文学における海

古英詩『ベオウルフ』における海━矢田裕士　ヘンリー・アダムズと海━樋口日出雄　海の慰め━小川国夫　万葉人たちのうみ━岡田喜久男　中世における海の歌━池田富蔵　「待つ」ことのコスモロジー━杉本春生　三島由紀夫における〈海〉━佐藤泰正　吉行淳之介の海━関根英二　海がことばに働くとき━岡野信子　現象としての海━荒木正見

50200-3
品　切

15
文学における母と子

『蜻蛉日記』における母と子の構図━守屋省吾　女と母と━安森敏隆　母と子━中山和子　汚辱と神聖と━斎藤末弘　文学のなかの母と子━宮野光男　母の魔性と神性━渡辺美智子　『海へ騎り行く人々』にみる母の影響━徳永哲　ボルノーの母子論━森田美千代　マターナル・ケア━たなべ・ひでのり

60216-4
1000円

16
文学における身体

新約聖書における身体━峠口新　身体論の座標━荒木正見　G・グリーン「燃えつきた人間」の場合━宮野祥子　身体・国土・聖別━井上英明　身体論的な近代文学のはじまり━亀井秀雄　近代文学における身体━吉田凞生　漱石における身体━佐藤泰正　竹内敏晴のからだ論━森田美千代　短歌における身体語の位相━安森敏隆

60217-2
1000円

ISBNは頭に978-4-305を付けご利用ください。

17
日記と文学

『かげろうの日記』の拓いたもの▬森田兼吉　『紫式部日記』論予備考説▬武原弘　建保期の定家と明月記▬岩崎禮太郎　二世市川団十郎日記抄の周辺▬渡辺憲司　傍観者の日記・作品の中の傍観者▬中野新治　一葉日記の文芸性▬村松定孝　作家と日記▬宮野光男　日記の文学と文学の日記▬中野記偉　『自伝』にみられるフレーベルの教育思想▬吉岡正宏

60218-0
1000円

18
文学における旅

救済史の歴史を歩んだひとびと▬岡山好江　天都への旅▬山本俊樹　ホーソンの作品における旅の考察▬長岡政憲　アラン島の生活とシング▬徳永哲　海上の道と神功伝説▬国分直一　万葉集における旅▬岡田喜久男　〈旅といのち〉の文学▬岩崎禮太郎　同行二人▬白石悌三　『日本言語地図』から20年▬岡野信子

60219-9
1000円

19
事実と虚構

『遺物』における虚像と実像▬木下尚子　鹿谷事件の〈虚〉と〈実〉▬宮田尚　車内空間と近代小説▬剣持武彦　斎藤茂吉における事実と虚構▬安森敏隆　太宰治▬長篠康一郎　竹内敏晴における事実と虚構▬森田美千代　遊戯論における現実と非現実の世界▬吉岡正宏　テニスン『イン・メモリアム』考▬渡辺美智子　シャーウッド・アンダスンの文学における事実と虚構▬小園敏幸

60220-2
品　切

20
文学における子ども

子ども―「大人の父」―▬向山淳子　児童英語教育への効果的指導▬伊佐雅子　『源氏物語』のなかの子ども▬武原弘　芥川の小説と童話▬浜野卓也　近代詩のなかの子ども▬佐藤泰正　外なる子ども　内なる子ども▬いぬいとみこ　「内なる子ども」の変容をめぐって▬高橋久子　象徴としてのこども▬荒木正見　子どもと性教育▬古澤暁　自然主義的教育論における子ども観▬吉岡正宏

60221-0
1000円

ISBNは頭に978-4-305を付けご利用ください。

佐藤泰正編　笠間書院ライブラリー◆梅光学院公開講座

21 文学における家族

平安日記文学に描かれた家族のきずな━**森田兼吉**　家族の発生━**山田有策**　塚本邦雄における〈家族〉の位相━**安森敏隆**　中絶論━**芹沢俊介**　「家族」の脱構築━**吉津成久**　清貧の家族━**向山淳子**　家庭教育の人間学的考察━**広岡義之**　日米の映画にみる家族━**樋口日出雄**

60222-9
1000円

22 文学における都市

欧米近代戯曲と都市生活━**徳永哲**　都市とユダヤの「隙間」━**今井夏彦**　ボルノーの「空間論」についての一考察━**広岡義之**　民俗における都市と村落━**国分直一**　〈都市〉と「恨の介」前後━**渡辺憲司**　百間と漱石——反＝三四郎の東京━**西成彦**　都市の中の身体　身体の中の都市━**小森陽一**　宮沢賢治における「東京」━**中野新治**　都市の生活とスポーツ━**安冨俊雄**

60223-7
1000円

23 方法としての戯曲

『古事記』における演劇的なものについて━**岡田喜久男**　方法としての戯曲━**松崎仁**　椎名麟三戯曲「自由の彼方で」における〈神の声〉━**宮野光男**　方法としての戯曲━**高堂要**　欧米近代戯曲における「神の死」の諸相━**徳永哲**　戯曲とオペラ━**原口すま子**　島村抱月とイプセン━**中村都史子**　ボルノーにおける「役割からの解放」概念について━**広岡義之**　〈方法としての戯曲〉とは━**佐藤泰正**

60224-5
1000円

24 文学における風土

ホーソーンの短編とニューイングランドの風土━**長岡政憲**　ミシシッピー川の風土とマーク・トウェイン━**向山淳子**　現代欧米戯曲にみる現代的精神風土━**徳永哲**　神聖ローマの残影━**栗田廣美**　豊国と常陸国━**国分直一**　『今昔物語集』の〈九州〉━**宮田尚**　賢治童話と東北の自然━**中野新治**　福永武彦における「風土」━**曽根博義**　『日本言語地図』上に見る福岡県域の方言状況━**岡野信子**　スポーツの風土━**安冨俊雄**

60225-3
1000円

ISBNは頭に978-4-305を付けご利用ください。

佐藤泰正編　笠間書院ライブラリー◆梅光学院公開講座

29　文学における手紙

手紙に見るカントの哲学━黒田敏夫　ブロンテ姉妹と手紙━宮川下枝　シングの孤独とモリーへの手紙━徳永哲　苦悩の手紙━今井夏彦　平安女流日記文学と手紙━森田兼吉　『今昔物語集』の手紙━宮田尚　書簡という解放区━金井景子　塵の世・仙境・狂気━中島国彦　「郵便脚夫」としての賢治━中野新治　漱石―その〈方法としての書簡〉━佐藤泰正

60230-5
1000円

30　文学における老い

古代文学の中の「老い」━岡田喜久男　「楢山節考」の世界━鶴谷憲三　限界状況としての老い━佐古純一郎　聖書における老い━峠口新　老いゆけよ我と共に―R・ブラウニングの世界━向山淳子　アメリカ文学と〝老い〟━大橋健三郎　シャーウッド・アンダスンの文学におけるグロテスクと老い━小園敏幸　ヘミングウェイと老人━樋口日出雄　「老い」をライフサイクルのなかで考える━古澤暁　〈文学における老い〉とは━佐藤泰正

60231-8
1000円

31　文学における狂気

預言と狂気のはざま━松浦義夫　シェイクスピアにおける狂気━朱雀成子　近代非合理主義運動の功罪━広岡義之　G・グリーン『おとなしいアメリカ人』を読む━宮野祥子　狂気と江戸時代演劇━松崎仁　北村透谷―「疎狂」の人━藪禎子　狂人の手記━木股知史　萩原朔太郎の「殺人事件」━北川透　森内俊雄文学のなかの〈狂気の女〉━宮野光男　〈文学における狂気〉とは━佐藤泰正

60232-6
1000円

32　文学における変身

言語における変身━古川武史　源氏物語における人物像変貌の問題━武原弘　ドラマの不在・変身━中野新治　変身、物語の母型―漱石『こゝろ』管見―━浅野洋　唐代伝奇に見える変身譚―━増子和男　神の巫女―谷崎潤一郎〈サイクル〉の変身―━清水良典　メタファーとしての変身―安部公房『砂の女』まで―━北川透　イエスの変貌と悪霊に取りつかれた子の癒し━森田美千代　トウェインにおける変身、或いは入れ替わりの物語━堤千佳子　〈文学における変身〉とは━佐藤泰正

60233-4
1000円

ISBNは頭に978-4-305を付けご利用ください。

佐藤泰正編　笠間書院ライブラリー◆梅光学院公開講座

33 シェイクスピアを読む

多義的な〈真実〉━鶴谷憲三　『オセロー』―女たちの表象━朱雀成子　昼の闇に飛翔する〈せりふ〉━徳永哲　シェイクスピアと諺━向山淳子　ジョイスのなかのシェイクスピア━吉津成久　シェイクスピアを社会言語学的視点から読む━高路善章　シェイクスピアの贋作━大場建治　シェイクスピア劇における特殊と普遍━柴田稔彦　精神史の中のオセロウ━藤田実　漱石とシェイクスピア━佐藤泰正

60234-2
1000円

34 表現のなかの女性像

「小町変相」論━須浪敏子　〈男〉の描写から〈女〉を読む━森田兼吉　シャーウッド・アンダスンの女性観━小園敏幸　矢代静一「泉」を読む━宮野光男　和学者の妻たち━久保田啓一　文読む女・物縫う女━中村都史子　運動競技と女性のミステリー━安富俊雄　マルコ福音書の女性たち━森田美千代　漱石の描いた女性たち━佐藤泰正

60235-0
1000円

35 文学における仮面

文体という仮面━服部康喜　変装と仮面━石割透　キリスト教におけるペルソナ（仮面）━松浦義夫　ギリシャ劇の仮面から現代劇の仮面へ━徳永哲　ボルノーにおける「希望」の教育学━広岡義之　ブラウニングにおけるギリシャ悲劇〈仮面劇〉の受容━松浦美智子　見えざる仮面━松崎仁　〈仮面〉の犯罪━北川透　〈文学における仮面〉とは━佐藤泰正　テニソンの仮面━向山淳子

60236-9
品　切

36 ドストエフスキーを読む

ドストエフスキー文学の魅力━木下豊房　光と闇の二連画━清水孝純　ロシア問題━新谷敬三郎　萩原朔太郎とドストエフスキー━北川透　ドストエフスキーにおけるキリスト理解━松浦義夫　「罪と罰」におけるニヒリズムの超克━黒田敏夫　『地下室の手記』を読む━徳永哲　太宰治における〈ドストエフスキー〉━鶴谷憲三　呟きは道化の祈り━宮野光男　ドストエフスキイと近代日本の作家━佐藤泰正

60237-7
1000円

ISBNは頭に978-4-305を付けご利用ください。

佐藤泰正編　笠間書院ライブラリー◆梅光学院公開講座

37　文学における道化

受苦としての道化━柴田勝二　笑劇（ファルス）の季節、あるいは蛸博士の二重身━花田俊典　〈道化〉という仮面━鶴谷憲三　道化と祝祭━安冨俊雄　『源氏物語』における道化━武原弘　濫行の僧たち━宮田尚　近代劇、現代劇における道化━徳永哲　シェイクスピアの道化━朱雀成子　〈文学における道化〉とは━佐藤泰正　ブラウニングの道化役━向山淳子

60238-5
1000円

38　文学における死生観

斎藤茂吉の死生観━安森敏隆　平家物語の死生観━松尾葦江　キリスト教における死生観━松浦義夫　ケルトの死生観━吉津成久　ヨーロッパ近・現代劇における死生観━徳永哲　教育人間学が問う「死」の意味━広岡義之　「死神」談義━増子和男　宮沢賢治の生と死━中野新治　〈文学における死生観〉とは━佐藤泰正　ブライアントとブラウニング━向山淳子

60239-3
品　切

39　文学における悪

カトリック文学における悪の問題━富岡幸一郎　エミリ・ブロンテと悪━斎藤和明　電脳空間と悪━樋口日出雄　悪魔と魔女と妖精と━樋口紀子　近世演劇に見る悪の姿━松崎仁　『今昔物語集』の悪行と悪業━宮田尚　『古事記』に見る「悪」━岡田喜久男　〈文学における悪〉とは―あとがきに代えて―━佐藤泰正　ブラウニングの悪の概念━向山淳子

60240-7
1000円

40　「こころ」から「ことば」へ「ことば」から「こころ」へ

〈道具〉扱いか〈場所〉扱いか━中右実　あいさつ対話の構造・特性とあいさつことばの意味作用━岡野信子　人間関係の距離認知とことば━高路善章　外国語学習へのヒント━吉井誠　伝言ゲームに起こる音声的な変化について━有元光彦　話法で何が伝えられるか━松尾文子　〈ケルトのこころ〉が囁く━吉津成久　文脈的多義と認知的多義━国広哲弥　〈ことばの音楽〉をめぐって━北川透　言葉の逆説性をめぐって━佐藤泰正

60241-3
1000円

ISBNは頭に978-4-305を付けご利用ください。

佐藤泰正編　笠間書院ライブラリー◆梅光学院公開講座

41 異文化との遭遇

〈下層〉という光景■出原隆俊　横光利一とドストエフスキーをめぐって■小田桐弘子　説話でたどる仏教東漸■宮田尚　キリスト教と異文化■松浦義夫　ラフカディオ・ハーンから小泉八雲へ■吉津成久　アイルランドに渡った「能」■徳永哲　北村透谷とハムレット■北川透　国際理解と相克■堤千佳子　〈異文化との遭遇〉とは■佐藤泰正　Englishness of English Haiku and Japaneseness of Japanese Haiku■湯浅信之

60242-3
1000円

42 癒しとしての文学

イギリス文学と癒しの主題■斎藤和明　癒しは、どこにあるか■宮川健郎　トマス・ピンチョンにみる癒し■樋口日出雄　魂の癒しとしての贖罪■松浦義夫　文学における癒し■宮野光男　読書療法をめぐる十五の質問に答えて■村中李衣　宗教と哲学における魂の癒し■黒田敏夫　ブラウニングの詩に見られる癒し■松浦美智子　『人生の親戚』を読む■鶴谷憲三　〈癒しとしての文学〉とは■佐藤泰正

60243-1
1000円

43 文学における表層と深層

『風立ちぬ』の修辞と文体■石井和夫　遠藤周作『深い河』の主題と方法■笠井秋生　宮沢賢治における「超越」と「着地」■中野新治　福音伝承における表層と深層■松浦義夫　ジャガ芋大飢饉のアイルランド■徳永哲　V・E・フランクルにおける「実存分析」についての一考察■広岡義之　G・グリーン『キホーテ神父』を読む■宮野祥子　〈文学における表層と深層〉とは■佐藤泰正　言語構造における深層と表層■古川武史

60244-2
1000円

44 文学における性と家族

「ウチ」と「ソト」の間で■重松恵子　〈流浪する狂女〉と〈二階の叔父さん〉■関谷由美子　庶民家庭における一家団欒の原風景■佐野茂　近世小説における「性」と「家族」■倉本昭　『聖書』における「家族」と「性」■松浦義夫　『ハムレット』を読み直す■朱雀成子　ノラの家出と家族問題■徳永哲　『ユリシーズ』における「寝取られ亭主」の心理■吉津成久　シャーウッド・アンダスンの求めた性と家族■小園敏幸　〈文学における性と家族〉とは■佐藤泰正

60245-8
1000円

ISBNは頭に978-4-305を付けご利用ください。

佐藤泰正編　笠間書院ライブラリー◆梅光学院公開講座

45 太宰治を読む

太宰治と井伏鱒二━**相馬正一**　太宰治と旧制弘前高等学校━**鶴谷憲三**　『新釈諸国噺』の裏側━**宮田尚**　花なき薔薇━**北川透**　『人間失格』再読━**佐藤泰正**　「外国人」としての主人公の位置について━**村瀬学**　太宰治を読む━**宮野光男**　戦時下の太宰・一面━**佐藤泰正**

60246-6
1000円

46 鷗外を読む

「鷗外から司馬遼太郎まで」━**山崎正和**　鷗外の『仮名遣意見』について━**竹盛天雄**　森鷗外の翻譯文學━**小堀桂一郎**　森鷗外における「名」と「物」━**中野新治**　小倉時代の森鷗外━**小林慎也**　多面鏡としての〈戦争詩〉━**北川透**　鷗外と漱石━**佐藤泰正**

60247-4
品　切

47 文学における迷宮

『新約聖書』最大の迷宮━**松浦義夫**　源氏物語における迷宮━**武原弘**　富士の人穴信仰と黄表紙━**倉本昭**　思惟と存在の迷路━**黒田敏夫**　「愛と生の迷宮」━**松浦美智子**　死の迷宮の中へ━**徳永哲**　アメリカ文学に見る「迷宮」の様相━**大橋健三郎**　アップダイクの迷宮的世界━**樋口日出雄**　パラノイアック・ミステリー━**中村三春**　〈文学における迷宮〉とは━**佐藤泰正**

60248-2
1000円

48 漱石を読む

漱石随想━**古井由吉**　漱石における東西の葛藤━**湯浅信之**　「坊つちやん」を読む━**宮野光男**　漱石と朝日新聞━**小林慎也**　人情の復活━**石井和夫**　強いられた近代人━**中野新治**　〈迷羊〉の彷徨━**北川透**　「整つた頭」と「乱れた心」━**田中実**　『明暗』における下位主題群の考察（その二）━**石崎等**　〈漱石を読む〉とは━**佐藤泰正**

60249-0
1000円

ISBNは頭に978-4-305を付けご利用ください。

49
戦争と文学

戦争と歌人たち━篠弘　二つの戦後━加藤典洋　フランクルの『夜と霧』を読み解く━広岡義之　〈国民詩〉という罠━北川透　後日談としての戦争━樋口日出雄　マーキェヴィッツ伯爵夫人とイェイツの詩━徳永哲　返忠（かえりちゅう）━宮田尚　『新約聖書』における聖戦━松浦義夫　戦争文学としての『趣味の遺伝』━佐藤泰正

60250-4
1000円

50
宮沢賢治を読む

詩人、詩篇、そしてデモン━天沢退二郎　イーハトーヴの光と風━松田司郎　宮沢賢治における「芸術」と「実行」━中野新治　賢治童話の文体―その問いかけるもの━佐藤泰正　宮沢賢治と中原中也━北川透　宮沢賢治のドラゴンボール━秋枝美保　「幽霊の複合体」をめぐって━原子朗　「銀河鉄道の夜」━山根知子　「風の又三郎」異聞━宮野光男

60251-2
品　切

51
芥川龍之介を読む

「羅生門」の読み難さ━海老井英次　「杜子春」論━宮坂覺　「玄鶴山房」を読む━関口安義　「蜘蛛の糸」あるいは「温室」という装置━中野新治　文明開化の花火━北川透　芥川龍之介「南京の基督」を読む━宮野光男　芥川龍之介と『今昔物語集』との出会い━宮田尚　日本英文学の「独立宣言」と、漱石―芥川の伝統路線に見える近代日本文学の運命━向山義彦　芥川龍之介と弱者の問題━松本常彦　芥川―その〈最終章〉の問いかけるもの━佐藤泰正

60252-0
1000円

52
遠藤周作を読む

神学と小説の間━木崎さと子　夫・遠藤周作と過ごした日々━遠藤順子　おどけと哀しみと―人生の天秤棒━加藤宗哉　遠藤周作と井上洋治━山根道公　遠藤周作における心の故郷と歴史小説━高橋千劔破　「わたしが・棄てた・女」について━笠井秋生　虚構と事実の間━小林慎也　遠藤周作「深い河」を読む━宮野光男　遠藤文学の受けついだもの━佐藤泰正

60253-9
品　切

ISBNは頭に978-4-305を付けご利用ください。

佐藤泰正編　笠間書院ライブラリー◆梅光学院公開講座

53
俳諧から俳句へ

俳諧から俳句へ━**坪内稔典**　マンガ『奥の細道』━**堀切実**　戦後俳句の十数年━**阿部誠文**　インターネットで連歌を試みて━**湯浅信之**　花鳥風月と俳句━**小林慎也**　菊舎尼の和漢古典受容━**倉本昭**　鶏頭の句の分からなさ━**北川透**　芭蕉・蕪村と近代文学━**佐藤泰正**

60254-7
1000円

54
中原中也を読む

『全集』という生きもの━**佐々木幹郎**　中原中也とランボー━**宇佐美斉**　山口と中也━**福田百合子**　亡き人との対話―宮沢賢治と中原中也―━**中原豊**　《「無」の軌道》を内包する文学―中原中也と太宰治の出会い―━**北川透**　中原中也　あるいは魂の労働者━**中野新治**　ゆらゆれる「ゆあーん　ゆよーん」―中原中也「サーカス」の改稿と行の字下げをめぐって―━**加藤邦彦**　中原中也をどう読むか―その〈宗教性〉の意味を問いつつ―━**佐藤泰正**

60255-5
1000円

55
戦後文学を読む

敗戦文学論━**桶谷秀昭**　戦争体験の共有は可能か―浮遊する〈魂〉と彷徨する〈けもの〉について―━**栗坪良樹**　危機ののりこえ方―大江健三郎の文学―━**松原新一**　マリアを書く作家たち―椎名麟三「マグダラのマリア」に言い及ぶ―━**宮野光男**　松本清張の書いた戦後―『点と線』『日本の黒い霧』など―━**小林慎也**　三島由紀夫『春の雪』を読む━**北川透**　現代に〈教養小説〉は可能か―村上春樹『海辺のカフカ』を読む―━**中野新治**　戦後文学の問いかけるもの―漱石と大岡昇平をめぐって―━**佐藤泰正**

60256-5
1000円

56
文学　海を渡る

ことばの海を越えて―シェイクスピア・カンパニーの出帆―━**下館和巳**　想像力の往還―カフカ・公房・春樹という惑星群―━**清水孝純**　ケルトの風になって―精霊の宿る島愛蘭と日本の交流―━**吉津成久**　パロディー、その喜劇への変換―太宰治『新ハムレット』考―━**北川透**　黒澤明の『乱』―『リア王』の変容―━**朱雀成子**　赤毛のアンの語りかけるもの━**堤千佳子**　「のっぺらぼう」考―その「正体」を中心として―━**増子和男**　近代日本文学とドストエフスキイ―透谷・漱石・小林秀雄を中心に―━**佐藤泰正**

60257-2
1000円

ISBNは頭に978-4-305を付けご利用ください。

佐藤泰正編　笠間書院ライブラリー◆梅光学院公開講座

57　源氏物語の愉しみ

「いとほし」をめぐって―源氏物語は原文の味読によるべきこと―━秋山虔　源氏物語の主題と構想━目加田さくを　『源氏物語』と色―その一端―━伊原昭　桐壷院の年齢―与謝野晶子の「二十歳」「三十歳」説をめぐって―━田坂憲二　第二部の紫の上の生と死―贖罪論の視座から―━武原弘　『源氏物語』の表現技法―用語の選択と避選択・敬語の使用と避使用―━関一雄　『源氏』はどう受け継がれたか―禁忌の恋の読まれ方と『源氏』以後の男主人公像―━安道百合子　江戸時代人が見た『源氏』の女人―末摘花をめぐって―━倉本昭　源氏物語雑感━佐藤泰正

60258-9
1000円

58　松本清張を読む

解き明かせない悲劇の暗さ―松本清張『北の詩人』論ノート━北川透　『天保図録』―漆黒の人間図鑑―━倉本昭　松本清張論―「天城越え」を手がかりに―━赤塚正幸　松本清張と「日本の黒い霧」━藤井忠俊　松本清張一面―初期作品を軸として―━佐藤泰正　清張の故郷―『半生の記』を中心に―━小林慎也　大衆文学における本文研究―「時間の習俗」を例にして―━松本常彦　小倉時代の略年譜―松本清張のマグマ―━小林慎也

60259-6
1000円

59　三島由紀夫を読む

三島由紀夫、「絶対」の探究としての言葉と自刃━富岡幸一郎　畏友を偲んで━高橋昌也　『鹿鳴館』の時代―明治の欧化政策と女性たち━久保田裕子　文学を否定する文学者―三島由紀夫小論━中野新治　近代の終焉を演じるファルス―三島由紀夫『天人五衰』（『豊饒の海』第四巻）を読む━北川透　三島由紀夫『軽王子と衣通姫』について―西洋文学と『春雨物語』の影響━倉本昭　冷感症の時代―三島由紀夫『音楽』と「婦人公論」━加藤邦彦　三島由紀夫とは誰か―その尽きざる問いをめぐって━佐藤泰正

60260-2
1000円

60　時代を問う文学

「人間存在の根源的な無責任さ」について―災禍と言葉と失声―━辺見庸　慧眼を磨き、勁さと優しさを━渡邊澄子　共同体と死時計―三島由紀夫『文化防衛論』について―━北川透　現実とあらがうケルト的ロマン主義作家―イェイツとワーズワースと現代愛蘭作家―━吉津成久　『平家物語』の虚と実―清盛の晩年―━宮田尚　上田秋成が描いた空海━倉本昭　運命への問い、運命からの問い―幸田露伴「運命」をめぐって―━奥野政元　透谷と漱石の問いかけるもの―時代を貫通する文学とは何か―━佐藤泰正

60261-9
1000円

ISBNは頭に978-4-305を付けご利用ください。

佐藤泰正編　笠間書院ライブラリー◆梅光学院公開講座

61

女流文学の潮流

感性のことなど━川上未映子　大人になるは厭やな事―「たけくらべ」の表現技巧―━山田有策　土屋斐子「和泉日記」の魅力とは━板坂耀子　『紫式部日記』清少納言批判をどう読むか―紫式部の女房としての職掌意識を想像しつつ―━安道百合子　笠女郎の相聞歌―大伴家持をめぐる恋―━島田裕子　三浦綾子論―苦痛の意味について―━奥野政元　二人の童話作家―あまんきみこと安房直子―━村中李衣　そのとき女性の詩が変わった━渡辺玄英　女性の勁さとは何か―あとがきに代えて―━佐藤泰正

60262-6
1000円

62

文学の力　時代と向き合う作家たち

コンティンジェントであることの力━加藤典洋　漱石文学の翻訳をめぐって―風土を超えて生きる文学の力とは何か―━金貞淑　宮沢賢治と鳥たち―「よだかの星」『銀河鉄道の夜』を中心に―━北川透　森鷗外　歴史小説のはじまり━奥野政元　一九六〇年代と現代詩━渡辺玄英　近代詩人の死と空虚―鮎川信夫「死んだ男」の「ぼく」と「M」をめぐって―━加藤邦彦　〈文学の力〉の何たるかを示すものは誰か―漱石、芥川、太宰、さらには透谷にもふれつつ―━佐藤泰正

60263-3
1000円

63

宮沢賢治の切り拓いた世界は何か

賢治の「おもしろさ」と「むづがすさ」━原子朗　生命と精神―賢治におけるリズムの問題━原子朗　分子の脱自―宮沢賢治のトーテミズム、その墜落と飛行━鎌田東二　「グスコーブドリの伝記」と三・一一東日本大震災―あるいは宮沢賢治と法華経━北川透　宮沢賢治の根底なる宗教性―大乗起信論・如来寿量品・宇宙意志―━山根知子　同時代に生きた宮澤賢治と金子みすゞの世界━木原豊美　宮沢賢治と『アラビアンナイト』―『春と修羅』収録詩篇を中心に―━加藤邦彦　宮沢賢治の生涯をつらぬく闘いは何であったか━佐藤泰正

60264-0
1000円

ISBNは頭に978-4-305を付けご利用ください。